KB013957

lied meiner seele

마음이 부는 곳

lied meiner seele

마음이 부는 곳

바람이 분다.
바람은 어디서 왔지?
음, 바람은 마음에서 왔지,

마음이 분다.

목차

01. 여행기를 시작하며

02. 마음이 부는 곳

03. 사라진다, 살아진다

여행기를 시작하며

01

기억이란 것

당시 독립서점 Gaga 77page로부터 여행이라는 주제의 글을 제안받았을 때, 나는 내가 할 수 있는 말이 많을 것이라는 직감을 했다. 쓸 수 있는 글, 써야만 하는 글, 그리고 이제는 써도 될 것 같은 글. 실은 그간 많은 글을 썼지만, 내면의 절반도 아직 보여 주지 못했다. 아직 보여주지 못한 풍경이 많다. 언젠가 한 번은 발설할 때가 있겠지, 그 이야기를 이제는 꺼내어보아도 좋겠지, 하는 마음. 오랜 서랍 속 깊숙이 잘 접어둔 지도를 펼쳐보듯 조심스럽고 떨리는 손으로 그것을 서서히 열어본다. 다시금 흐트러진 길들을 배열해 기억의 지도를 완성하는 일. 언젠가 꼭 해야 할 일.

아, 그랬었지, 그런 여행이 있었지. 되뇌면서.

여행 이야기를 시작하려 하지만 너무 오래되어 기억이 선명하지 않다. 기억은 참 신비로운 속성을 지녔다. 왜냐하면 기억은 시제가 없고, 꿈처럼 즉각적이기 때문이다. 기억은 이해를 벗어난 채 뒤죽박죽으로 다다른 시공간을 끌고 온다. 꿈처럼 그것을 제어할 수는 없다. 기억은 의지와도 무관하게 일상에 돌발한다. 기억은 그렇게 이상한 방식으로 나를 휘감다가 또다시 원래의 일부로 되돌아간다.

기억은 멀어지면서 가까워지고, 가까이 들여다볼수록 멀리 달아나서, 아무리 둘러봐도 그것을 찾을 수 없으나, 영원히 잊혀지지 않고 사라지지 않는다.

그렇게 그것은 책의 앞면과 뒷면처럼 보이지 않지만, 보이지 않는다고 거기 없는 것은 아니어서, 마치 나와 등을 맞댄 채 가까이에 함께 살아가는 것 같다. 언제부터인가 여기 없는 것이 가장 내밀한 곳에서 나를 지탱하고 있다는 생각이 든다.

손을 잃어도 우리는 거기 손가락이 있다는 것을 감각한다고 한다. 손가락을 움츠렸다가 폈다가, 손끝에 무엇이 닿는 느낌까지도, 그런 방식으로 우리의 일부를 훔친다고 해서 그것이 완전히 사라지지는 않는다. 전체는 각 일부 속에 다 담겨있기 때문이다. 그런 방식으로 어떤 음악을 듣거나 향기를 맡으면 불현듯 잃어버린 과거가 떠오른다. 바람이 불면 나는 문득 누군가가 떠오른다. 누군가는 이제 없지만, 선명하게 재생되는 그날의 기분까지도 정확히 떠오른다.

그런 방식으로 어디를 향했는지는 기억나지 않아도, 길에서 만난 사람과 다정은 기억난다. 무엇을 먹고 무엇을 보았는지 기억하지 못해도, 그때의 마음과 기분은 기억난다. 지명은 잊어도, 당시 피부를 어우르는 이국의 향취와 공기는 기억난다. 카페의 이름이나 거닐던 거리는 기억나지 않지만, 그때 거기서 불렀던 노래나 들었던 목소리는 기억난다. 사람들의 이름은 기억나지 않지만, 이를 보이며 웃거나 함께 울었던 얼굴은 기억난다.

무엇 때문에 울었고 웃었는지는 도무지 기억나지 않지만,

그 순간 스쳤던 눈빛의 촉감과 그들의 시선은 기억난다. 마음은 이미 가고 없지만, 떨었던 마음은 기억한다.

나는 늘 기억과 동행한다. 그것은 어딘가 저 멀리 사라졌다가도 다시금 태연하게 다가와 손을 잡는다. 그것은 먼 바람을 떠돌다가도 불현듯 내 옆에 서서 말을 건넨다.

기억이란 건 그런 것이다. 급습하는 것이고, 달려오는 것이고, 술래잡기하는 것이다. 잡으러 가다가 손을 놓치고, 깊이 빠져버리는 것이다. 떨어진 내부에, 지금, 이 순간 계속해서 쌓이는 것이다. 쌓이는 채로 나를 이끌며 데려가는 것이다.

삶이라는 여행기

1.

그렇게 오랜만에 조각난 기억을 들춰본다. 그때부터 지금에 이르기까지 머물렀던 지역들이 두서없이 떠오른다. 언제였던가, 먼 과거 아메리카 여행을 간 적이 있다. 워싱턴 DC에 머물던 당시, 함께 있던 친구들과 했던 농담이 진담이 되고 말았다. 아메리카 지도를 펼쳐 들고 수직으로 그으며 종단하자 했지만, 우리는 땅이 그렇게 클 것이란 짐작을 못 했다. 차를 빌려 몇 날 며칠 도로 위를 달렸던 기억이 떠오른다. 플로리다 해변에서부터 워싱턴 DC, 뉴욕, 캐나다, 작은 프랑스를 연상케 하는 퀘벡을 거쳐 나이아가라 폭포 그리고 종착지였던 토론토로 향하던, 끝이 보이질 않던 대장정이었다.

지나고 보면 도심의 화려하고 높은 건물과 네온사인 그리고 유명한 장소의 지명보다는 작은 차 속에서 들은 빗소리와 분위기가 더 떠오른다. 비가 그치고 피로할 땐 어디든 당도해 차를 세우고 거리에서 나는 그림을 그렸고 친구는 버스킹을 했다. 깊은 밤, 비 내리는 광활한 도로를 질주하며 빗물에 바퀴가 미끄러지기라도 할 때면, 우리는 정신을 바짝 차리고 다시금 크게 노래를 부르며 길 위를 내달렸다. 그렇게 거친 빗속을 뚫고 캐나다 북부로 향했다.

2.

유럽의 낭만은 나를 깊이 유혹했다. 사랑했던 사람과 한때는 유럽 전역을 활보하곤 했다. 연인과 프랑스 파리의 퐁네프 다리를 걷기도 했고, 노트르담 성당을 거닐거나, 에펠 탑 아래서 낮잠 자며 한껏 낭만을 만끽하기도 했다. 독일 퓌센 혹은 오스트리아나 스위스의 눈보라를 맞으며 광장으로, 산으로 다니기도 했고, 영화 열정과 냉정 사이의 주인공들처럼 이탈리아 베네치아의 두오모 성당에서 영원을 맹세하기도 했다. 그리고 해마다 아름다운 체코 프라하에서 거리의 악사가 연주하는 크리스

마스의 들뜬 현장을 즐겼다.

3.

나는 특히, 칙칙한 독일과 달리 벨기에와 네덜란드를 좋아했다. 패션의 도시 앤트워프에 가면 신진 디자이너들의 신상을 알 수 있었고 크고 작은 숍에 원정을 다니곤했는데, 그곳 왕립 학교에 다니던 친한 친구와 나는 그당시 유망했던 디자이너 헨릭 빕스코브 풍의 톡톡 튀는 패션으로 거리를 자유로이 활보했다. 젊음의 치기가 가득했던 우리는 암스테르담을 자주 배회하곤 했는데, 펍을 돌다가 술에 취해 비틀거리거나 넘어지기 일쑤였고 급기야 방향을 잃어, 길의 여기저기에서 서로를 주우러(?) 다니기도 했었다. 가장 젊고 예뻤으며, 무모하고, 패기 넘치던 시절이었다.

4.

독일 여행 때마다 뒤셀도르프의 대학가를 떠돌며 화가를 꿈꾸다가, 결국 독일에서 원하던 공부를 할 수 있게되었다. 그러나 떠올려보면 기쁨은 잠시, 내 인생의 암흑기는 거기서 고조되었다. 미대 학창 시절, 마치 꿈을 다

이룬 듯했지만, 독일 특유의 스산하고도 추적거리는 날씨 탓에 자주 깊은 우울감을 느꼈다. 사랑하는 사람과 거기서 힘든 이별을 했다. 새벽녘, 오래 그림을 그리던 시간이 떠오른다. 음습한 날씨와 이방의 깊은 고독 속에서 자주 울었으며, 술로 하루하루를 지탱했다. 집 앞 호숫가에 앉아 자주 상념에 빠지곤 했다. 차가운 독일 곳곳의 거리를 배회했다. 나는 독일의 베를린을 자주 갔고, 또 포플러 나무가 늘어선 뮌헨, 슈바빙 거리의 카페에 앉아 철학가처럼 책을 읽으며 삶을 고심하곤 했다.

5.

독일 친구들과 3주간 유럽 대장정을 했던 적이 있다. 친구 이모가 폐차하려던 작고 낡은 구형 폭스바겐을 끌고 독일 아우토반을 광속으로 질주했다. 그렇게 서독에서 프랑크푸르트, 베를린, 오스트리아, 체코를 거쳐 동유럽으로, 어딘가 슬프고 고요한 도시 슬로바키아, 슬로베니아, 유고슬라비아를 가로질러 도착한 눈부신 몬테네그로, 두브로브니크. 그리고 우리는 크로아티아의 섬과 섬을 떠돌며 캠핑하고 마음에 드는 바다에서 수영하곤 했는데, 적당한 해변을 발견하면 텐트를 치고

쏟아지는 별똥별을 바라보다 잠든 기억이 난다. (아침에 경찰이 깨우기도 했지만)

그렇게 우리는 장소를 옮기며 약 한 달의 시간을 길 위에서 보냈다. 실은 발칸 음악 페스티벌이 열리는 세르비아의 작은 집시 마을 구차에 가기 위해서였다. 그곳은 너무나도 작은 산간마을이었다. 세계 각지의 음악인들이 몰려드는 그날, 인파의 행렬을 뚫고 우리도 가까스로 마을의 초입에 진입했다. 발칸 페스티벌은 내가 다녀온 축제 중에서도 빼놓을 수 없는 인상적인 축제였다. 작은 집시 마을에 몰려든 거대 인파는 장관을 이루었고, 거리의 사람들은 트럼펫을 부는 이들을 쫓아다니며 온종일 술을 마시고 춤을 췄다.

6.

나는 대부분의 시간 모국의 뿌리를 탐하고 바람의 감각을 그리워했다. 어쩔 수 없이, 나는 자유로워지고자 하는 기질이 누구보다 강했던 것 아이였다. 젊은 날엔 마음이 원하는 것을 위해서라면 불길에 뛰어들 수도 있을 것 같았다. 주변인들은 나를 늘 만류했고 염려했다.

간간이 아르바이트하며 돈을 모으면 어디로든 사라졌다. 그때는 역마살이 심해 잠시도 한곳에 오래 못 있었는데, 여러 달 어딘가로 쏘다니지 않으면 심한 열병을 앓곤 했었다. 그러나 어디를 가도 내면의 갈증이 사그라들지는 않았다. 더 이상 떠날 나라도, 매력적인 곳도 없어지자 급기야 조금 더 먼 미지를 기웃거리기 시작했는데, 아마 진짜 여행은 이때 시작되었는지도 모른다. 모로코 페즈에서 미로를 헤맨 시간, 거기서 만난 사람들, 시작도 끝도 없는 광활한 사하라 사막, 아무도 없는 사구 아래서 블랭킷을 덮고 별의 운행을 돌보며 잠들었던 기억. 언제부터인가 신비한 만남과 체험이 계속 나를 뒤따르자 나는 무언가에 깊이 홀려 걸었다. 그때의 여행은 기존의 나와 내 모든 삶의 행로를 완전히 바꾸어 놓았다. 그 이후, 나는 점차 문명이 닿지 않는 나라로 떠나기 시작했다. 내 삶을 통째로 뒤바꾼 여정의 서막이었다.

7.

태국의 비 내리는 뜨랏이 떠오른다. 라오스 메콩강이 떠오른다. 거기서 본 돌고래와 무지개도, 그날의 온도와 습도도 모두 기억한다. 너무나 평화롭고 아름다운 나라

캄보디아에서 만난 사람들이 떠오른다. 모든 풍경은 깊은 명상에 든 것처럼 느리고 고요했다. 물웅덩이에서 쉬는 물소의 고갯짓을 제외하고는 정지된 장면 속을 홀로 거닐며 만끽하는 기분이었다. 자연에 근접한 생활 방식의 사람들은 내 마음에 깊이 각인되어 나를 전혀 다른 삶의 길로 인도했다. 나는 어느덧 고요하고, 느리고, 자연에 가까운 삶을 동경하기 시작했다.

거기에는 마음을 방탕하던 내게 없는 무언가가 있었다. 그러니까 나는 언제부터인가 하나의 목적만을 몰입하며 걸었다. 오로지 그것만을 위했다.

8.

그리고 결정적인 변화의 계기는 인도와 네팔에서 지낼 때부터였다. 나는 내가 지닌 모든 것을 팔아 순례의 길에 나섰다. 가방 속에는 생필품 몇 개만 챙긴 채, 오로지 삶의 깨달음만을 향했다. 맨발로 걷거나 거리에서 종종 노숙하기도 했고, 구루지(영적 스승)나 스님들을 따라다니며 배움을 얻거나, 각국의 절을 기웃거리며 공양 밥을 얻어먹으며 지내기도 했다. 라마승을 따라 오체투지를 하기도 하고, 마하라지의 아쉬람이 있던 남인도에서 아루나찰라 산을 오르며 인간 세계를 고민하기도 했다. 인도의 여정은 우연의 연속이었다. 남부 어느 지역에서 길 잃고 몇 시간이고 주저앉아 있었을 때, 당시 관심을 보이던 티베트 승려들의 도움을 받아 그들의 단체 버스를 얻어 탔다. 어디를 가는지도 모른 채, 그 길로 2박 3일을 동행했다. 그렇게 나는 인도 북부의 가난한 마을 보드가야에 도착했고, 그들을 따라 그곳에 오래 묵게 되었다. (도착해 보니 보드가야는 부처님이 깨달음을 얻었다는 마을이었는데, 그 마을엔 부처님이 삼매에 들었던 큰 보리수나무가 있었고, 매일 나무 아래서 온종일 앉아 있다 오곤 했다. 깨달음에 간절히 닿기 위해, 오체투지를 하는 티베트 승려들 옆에서 나는 점점 깊은 명상에 들었다.) 그리고 시간이 한참 지난 후, 나는 네팔로 넘어가 산과 산마을을 떠돌았다.

어느덧 나는 깊은 우울, 외로움과 삶의 고통으로부터 한 겹씩 옷을 벗듯 가벼워졌고, 조금 더 내면을 향해 오롯이 걸을 수 있게 되었다. 룸비니에서부터 박타푸르와 카트만두를 거쳐 북쪽으로, 더 높은 고지로 향했다. 탐가스라는, 관광객들의 발길이 닿지 않는 작고 높은 고산마을에 도착해 거기서도 한동안 기약도 정처도 없이 머물렀다.

(여러 연유가 있었지만, 무엇보다도 거기서는 세상에서 제일 맛있는 전통 차이 아이스크림을 매일 두 개씩 먹을 수 있었다) 매일 레숭가산에 올라 구름 높이에 놓여 있는 히말라야 산맥을 바라보며 삶을 재정비하는 시간을 가지기에 이르렀다.

인도에서 네팔로 이어진 장거리 여정을 끝으로 나는 한동안 페와 호수가 있는 포카라에 도착해, 인도와 네팔의 길고 긴 대장정의 끝을 기념했다. 딱히 무언가 하지 않아도 좋을 고요와 평화 속에서 어슬렁거렸다. 드높은 설산이 구름 높이에 솟아 있었고, 맑은 날에는 호수에 산 그림자가 드리웠다. 물결 한 점 없던 페와 호수의 밤은 그 자체로의 깊은 침묵으로써 나를 경건한 기도 속에 들게 했다. 그곳은 마치 생의 마지막 길을 연상케 하는 타나토스의 강을 떠올리게 했다. 왠지 모르게 몽환적이고 마음이 흘려서, 나는 마치 죽음을 앞둔 이처럼 지난날의 행적을 되돌려 보며 모든 시간을 조망했다. 호수의 가장 안쪽, 인적 드문 수풀에는 반딧불이가 하늘을 수 놓았다. 생과 사, 인간의 의식이 닿지 않는 꿈. 그 사이를 나는 이리저리 몽유했다.

9.

그리고 여러 해가 흘러 모든 여행의 종착지가 된 튀르키예에서의 한 달. 독일에서부터 무작정 동쪽으로 향하던 여정이었다. 열차를 타고 이스탄불에서부터 동쪽의 끝 반 호수, 동으로 동으로 계속 이동하여 이란 국경이 있는 작은 마을 도우베야짓까지 갔다. 이란 너머까지 이동할 작정이었다. 국경 근처는 삼엄했고, 마을은 적적했다. 매일 국경의 경계에 있는 군 초소 사이로 걷다 보면 사나운 개들이 나를 쫓아다니기도 했고, 머리부터 발끝까지 검은 의상에 니캅을 입은 무리가 나를 이상한 시선으로 바라보기도 했다. 단지 나는 볼품없는 마을에서 신비롭게 생긴 아라라트산을 오래 바라보다 오곤 했는데, 이란으로 넘어가기를 단념한 채 한동안 그 마을에 머물다가 다시금 서쪽 끝의 이즈미르주로 거슬러가 그리스가 가까이 보이는 체시메 해변을 거닐며 여행의 마지막을 기념했다. (이후, 한참이 지나서야 아라라트산이 성경 속 노아의 방주의 상징적인 산이라는 것을 알게 되었다.) 튀르키예 하면 어떤 지역보다도 횡단하며 달렸던 야간열차에서 바라본 광활한 자연이 마음속에 맴돈다. 끝없이 펼쳐진 대자연은 분명 내가 보고 자라온 것과는 달랐고, 형언할 수 없지만, 뼈대가 굵고 키 큰, 꼭 서방의 사람들을 닮아 있었고, 끝없이 굴곡을 만들며 움직이는 풍경은 거대한 신의 등 같았다.

10.

터키에서, 나는 막연히 다짐했다. 내 모든 방랑을 종결하기로 말이다. 또다시 시간이 흘러 독일 생활을 정리하고 귀국한 한국, 나는 주변 사람들의 환영 속에서, 그러나 그들의 기대와 달리, 돌연 모두의 희망을 저버리는 지역으로 도피하듯 숨었다. 지리산 마을 구례는 여행 중 인도에서 만난 한 부부가 살던 지역이었는데 방문차 갔다가 아름다운 풍경에 반해 그날로부터 아예 정착하기로 결심했다. 긴 여행하는 동안 내 내부는 많은 변화가 있었고, 붓다가 그랬던 것처럼, 내가 지닌 모든 욕심을 내려놓기에 이르렀다. 이제는 단지 마음만을 바라보며 그저 수행하며 조용히 살다가 마감하는, 그런 삶을 살고 싶었다. 리틀 포레스트 속에서 5년간 귀촌 생활을 했다. 화려한 도심 속 사람들이 더는 매력적으로 다가오지 않게 되었다. 나는 이제 여행에서 내가 보아오고 만난 사람들처럼 소박하게 살고 싶은 마음뿐이었고,

그러면 행복할 것 같았다. 시골에선 감 농사를 지었다. 식량을 해결하기 위해 마을 이장을 따라다니며 해마다 벼농사를 짓고, 매실과 사과 등을 수확했다. 벌들이 이동하는 봄 산의 꽃길을 따라다니며 양봉하거나 밭을 갈고 채소를 재배하기도 했으며, 여분의 시간에는 자주 산으로 들로 나가 사색하고 들어왔다. 생각해 보면 내 인생을 통틀어 가장 혼자였고, 아무도 모르는, 비밀스러운 삶의 시간이었다. 그때의 고립과, 고된 노동과 삶의 경험은 지금 나의 정서에 또다시 큰 영향을 미치게 되었다. (이 이야기의 일부는 〈리타의 정원〉〈한때 내게 삶이었던〉 책에 기록되어 있다.)

이날로부터 나는 멀리 떠나지 않고 한곳에 정착하는 법을 다시 배워나가기 시작했다. 배워나갔다기보다는 귀국을 하면서부터 해외로 나갈 기회가 더 이상 주어지지 않았다. 귀국하고서부터는 여행을 할 수 있는 형편이 아니었다. 한국의 현실은 그간 여행에서의 깨달음이 전혀 적용되지 않는 곳이며, 사람도 삶도 무척 혹독했다.

11.

그 이후 나는 한국 특유의 정서와 문화 그리고 이상과

현실 사이에서 큰 괴리와 갈등을 겪었다. 무모한 이상만 좇아 살아왔던 것일까. 행복과는 너무나 대조되는 현실적 고난 앞에 직면했다. 자연 속에 있는 게 좋았지만, 나는 이곳에서 가난과 굶주림을 도무지 견딜 방도가 없었다. 삶은 또다시 내게 깊은 질문의 시간을 선사하고, 또다시 나를 낱낱이 해체하며 무언가 깨달았다고 착각했던 그 마음까지도 내려놓게 했다. 그리하여 고심 끝에 다시금 큰 결심을 하게 된다. 기존의 나를 모두 버린 채 새롭게 태어나듯 처음부터 시작해 보자는 다짐 말이다. 서울로 상경하여 열심히 일하며 돈을 벌기로 각오했다. 그날로부터 지금에 이르기까지 너무나도 바삐 현실을 살았고, 이렇게 흘러 지금의 삶에 당도했다. 서울에서 2년간 일했고, 3년 차부터는 다시금 일산에서 현재까지 글 쓴다. 이 또한 여행이겠지. 생각하면서 말이다.

늘 원하는 무언가에 홀리듯 탐구하고 폭주했던 까닭에 돌이켜 보면 타인들보다 더 다채로운 경험을 한 것 같다. 그것이 설령 극단적인 행위더라도. 지금 와서 생각해 보면 나는 내 삶의 시간을 충실히 잘 살아낸 것 같아 다행이라는 생각이 든다.

약 50여 개국의 방황을 끝으로 더 이상 해외여행을 하지 않은 지는 벌써 10년이 넘는다. 삶은 여행 때의 벅참과는 정반대의 성질을 지녔고, 나는 젊은 시절 실컷 떠돌아다닌 탓에 누구보다 가난한 한국인으로 살아가고 있다. 경력도 단절되었으며, 남들보다 더 많은 일을 해야 겨우 연명할 수 있는, 이곳은 그야말로 치열한 현실이었다.

과거의 자유는 마음의 무덤 속에 오래 묻혀 있었나 보다. 어떤 기억이 마음의 중심에서 몸을 일으키려 하고 깨어나려고 할 때면 삶은 다시금 그것을 짓밟았다. 먹고 살기에도 벅차고 바빴지만, 늘 짓이겨지고 해체된 심장 속에 꼭 움켜쥔 채 포기하지 못하는 것들이 있으니, 숱한 방황과 여행 속에서 만난 사람들의 이야기들, 그리고 그들이 남긴 마음이다.

여기, 살아가며 나를 견디게 하는 힘은 모두 거기에 있었으니, 아무도 모르고 아무도 알아주지 않지만, 누구보다 값진 지도를 지니고 있으므로. 작은 불씨처럼 죽지 않고 살아 있는 단 하나의 동화는 나를 또 이 삶이라는 여행 속에서 살아가도록 한다. 지금은 글 쓰며 산다.

이제 나는 테이블에 온종일 앉아 있다. 내면의 지도를 걸으며 이전과는 다른 여행을 하고 있는지도 모른다고 생각하면서 말이다. 길 위에서 누군가가 내게 건넨 말을 떠올린다.

어디로 걸어가야 할지 모르겠으면 모르는 채로 걸어가도 된다. 길이란 어디서건 길일뿐이고, 나는 오로지 자신만을 걸을 뿐이니. '어디를 가자'가 아닌 '어디를 가더라도 어떤 마음가짐인지'가 중요하니.

여행의 방식

나만의 여행 방식이 있다면, 무계획 여행이다. 나는 유독 길치다. 다녀간 장소를 단 한 번에 기억해 낸 적도 없거니와 대개는 대여섯 번 정도 가야 그 장소를 익힌다. 목적지와 길들을 떠올리는 능력이 내게는 없는 듯하다. 실은 지명을 떠올리거나 정확한 목적지를 찾아갈 의도가 없는 것이 더 가깝다. 어쨌든 나는 여행 중에 단 한 번도 지도를 지녀본 적이 없고, 장소를 정해 본 적도 없다. 세계 각국을 여행하면서도 늘 그렇듯 잃어버릴 각오를 하고 대문을 나섰으며, 당연히 나는 거리 한복판에서 길을 완전히 잃었다. 그리고 거기서 망설였으며, 거기서부터 다시금 사람들에게 묻거나 구원의 손길을 따라 걸었다. 지도를 믿지 않고 사람을 믿었던 것 같다. 만약 목적과 계획을 세밀하게 세웠다면, 길 위에 대기하고 있는 인연과 사연이 쉽게 스며들 수 없었을 것이다. 친구와 여행 책자를 보며 다닌다면, 관광객만 가득한 지역의 값비싼 숙소나 레스토랑에서 고급 음식 따위를 먹으며 한국과도 전혀 다르지 않은 시간을 보냈을 것이다. 단언컨대, 거기에는 내가 찾고자 하는 그것이 없다. 거기엔 관광객들을 노리는 이들만 가득하여 피로를 느낀 채, 현지의 분위기를 온전히 느끼지 못하고 돌아올 확률이 높다.

여행 중에 우리는 적당히 느슨해야 하며, 적당히 내려놓아야 하며, 적당히 길을 잃어야 한다. 그리고 겪어보아야 하고, 들어 보아야 하며, 느껴 보아야 한다. 내가 믿고자 했던 정보와 목적을 버리고 골목골목 헤매어보아야 한다. 여행은 꼼꼼히 지도 속의 방위를 읽으며 장소를 찾아가는 것이 아니라, '아무것도 모른다'라는 마음에서부터 걸어가 보아야 한다. 그리고 관광지가 아니라, 길 잃은 곳에 펼쳐진 풍경, 누군가의 낯선 생활, 그러니까 숨겨진 삶을 사는 사람들이 어떤 향기와 눈빛을 지니고 있는지, 그들이 무엇을 말하는지 듣고 보아야 한다. 나에게 여행은 그것에 가까웠다.

어느 날 문득, 어떤 감정이 떠오를 때면 고민 없이 그 날 비행기를 타고 떠났다. 단지 나는 마음이 원하는 것에 나를 맡겼을 뿐이다. 독일에 오래 거주한 탓에 독일을 둘러싼 유럽 국가를 이동하는 것은 서울에서 부산을 가는 것만큼이나 간단했다. 잠 오지 않는 밤. 맥주를 마시고 싶으면 일어나 바로 네덜란드 암스테르담으로 향했고, 산이 보고 싶으면 알프스로, 눈이 보고 싶으면 오스트리아, 옷을 사거나 외식하고 싶으면 벨기에로, 바다가 보고 싶으면 한적한, 스페인이나 프랑스 북부 해안가로 달려갔다.

유럽은 저가 항공이 있어서 당일에 급히 비행기를 타더라도 한 끼 식사비만큼 저렴했기에, 유럽의 한복판에 살면서 바람이 잦을 때마다 이곳저곳 떠돌아다닐 수 있었다. 기약이 없는 여행은 언제나 내게 알 수 없는 해방감을 줬다. 내가 알아듣지 못하는 언어권에서 아무도 모르는 거리를 활보할 때야말로 진정한 자유를 느꼈다. 아마도 그건 오랜, 내 길들지 않는 성향 때문인지도 모르겠다.

사회적 규율, 규칙은 늘 나와 잘 맞지 않았고, 누군가가 만들어 놓은 암묵적 동의, 언어, 관습과 속세의 것들에 반하는 태도를 고수했다. 몸과 마음이 자연스레 그렇게 반응했고, 나는 언제나 숨기지 않고 사회에 불편함을 드러냈다. 누군가로부터 그것이 잘못되었다고 지탄을 받을수록 나는 더더욱 낯설고 혼자인 미지로 방황했으며, 아무도 나를 찾지 못하는 장소에 당도하고 나서야 다시금 평온을 되찾았다.

다시금 이야기로 돌아와 수많은 여행 에세이, 수많은 여행 책자, 안내서, 서점의 가판 위에 잘 보이게 놓인 그것들이 나의 여행을 돕지는 않았다. 서점에서 슬쩍 본 여행 안내서를 펼쳐 들고 몇 개의 지역을 수첩에 기록해 두기는 했으나 그건 그 지역을 피해 가기 위해서였다. 나는 여행객들만 가득한 관광지를 선호하기보다는 그 나라의 문화와 삶을 깊숙이 체험해 보고 싶었다. 마음이 있는 곳이라면 어디든 달려갔다. 점차 이름 없는 길, 길 없는 길들, 간판 없는 식당, 이름 모를 사원과 산을 걸으며 여행하곤 했는데, 어느덧 마음의 주파를 느낄 수 없는 도심과 관광지는 더는 가지 않았다. 오지의 들판으로 산간 마을로 떠돌아다니다 보면 때로는 식당을 찾지 못해 온종일 굶기도 했고, 어떤 날은 숙소를 발견하지 못해 길가에서 노숙하기도 했다. 누군가를 만나 동행하여 예상치 못한 곳으로 향하거나, 막연히 남쪽에서부터 북쪽으로 종단한다거나, 그러다 탄 버스에서 창밖을 멍하니 바라보다 마음을 붙잡는 풍경과 사람들을 마주하면 기사에게 내려달라고 간곡히 부탁해 그 길로 홀린 듯 또 걷곤 했다.

나와 가까운 이들은 이런 나의 역마살을 염려하고 걱정했지만, 나는 나를 걱정한 적이 없다. 분명 내가 찾고자 하는 것이 거기 다 있었기 때문이다. 어떤 연유인지는 모르지만, 나는 막연히 내가 걷는 길을 꾸준히 믿고 있었다. 늘 마음이 지시하는 것만 행하다 보면 정처 없어 자주 외로웠고 고독했으며, 종종 자신을 의심하기도 했지만, 나는 마치 운명이거나 신의 계시와도 같은 이 목소리를 따르지 않으면 안 되었고, 내가 원하는 그것을 해야 한다는 마음이 다시금 강하게 요동쳤다.

누가 타인을 나무라고 지시하는가. 이건 내 인생 아닌가?

내 운명이 나에게 명령하는 그것만을 따랐다. 우리 모두 삶의 미지를 향해 가는 사람들 아닌가. 그 어디에도 정답도 목적지도 없다. 삶의 방향은 각자 찾아가야 한다. 그렇게 길을 헤맬 때, 변곡을 알리는 사람들이 기다렸다는 듯이 거기 정확히 서서 내 손을 잡아주었다. 그들은 늘 나를 살리고 나를 구원했다. 그리고 마음에 이정표를 세워놓고 떠나갔다.

그렇게 막연하고도 추상적인 여행은 내게 매번 전혀 다른 세계를 선물해 줬다. 그러니까 수십 킬로미터의 지역과 지역을 잇는 작은 도로를 하염없이 걷던 날, 땅거미가 내려앉고 어둠이 장악했을 때, 건물 하나 발견하지 못했을 때, 정말 이제는 큰일이다 싶은 위기와 두려움의 순간에는 신기하게도 꼭 어디선가 누군가 나타나 도움의 손길을 건넸다.

같은 방향으로 지나가는 차들이 멈춰서 나를 걱정해 주기도 했고, 어떤 지역으로 이동시켜 주기도 했다. 오토바이를 얻어 타기도 했고, 그 길로 현지인들이 사는 마을에 도착해 친구들을 사귀며 오래 머물기도 했다.

거리에서 우연히 만나 사랑을 고백했던 연인들도 있었으며, 오래 풀리지 않는 화두를 해소해 주는 사람들도 있었다. 모두가 이런 나에게 부드러운 손길을 건네주었으며, 미소를 지었다. 그리고 늘 내게 행복하기를, 행운이 가득하기를 바란다는 말을 남기고 사라졌다. 이런 낯선 이들의 의아한 배려는 뇌리에 강하게 남아 여행 내내 따라다녔다.

그들은 사라지면서 분명 무언가를 남겨 놓았다. 나는 그들 곁에서 그것을 막연히 알아가고 있었다. 그것은 나를 살리는 마음이고, 내가 살아야 할 마음이며, 나도 누군가에게 전해야 할 마음이기도 했다. 그들의 빈자리엔 이상하게 무언가 뜨겁게 꿈틀거렸다. 그것을 잊어서는 안된다고 내게 말하듯, 나는 언제부터인가 맹렬하게 그것만을 좇기 시작했다.

그것은 이로운 것이며, 숨 쉬는 것이다. 그것은 뜨거운 것이고, 연결되는 것이며, 빛나는 것이다. 그리고 그것은 꺼지지 않으며, 마음의 한가운데에서 끝까지 살아남는 것이다. 나를 살리는 유일한 것이다.

그런데, 여행 사진이 몇 장 없다

여행의 서막은 내 전공과도 관련이 있다. 미술 학도였
던 나는 독일로 유학을 갔는데, 그곳에서 오래 몸담았
던 전공이 적성에 맞지 않아 정체성의 혼란을 심하게
느끼던 시기였다. 붓을 들고 이젤 앞에서 작업하기보
다는 당시의 나는 어디론가 걸으며 내적 사유와 철학
에 더 심취해 있었던 것 같다. 그러니까 내가 왜 이것을
하려고 하는가. 이것을 하려는 나는 누구인가. 나는 어
디로 가는가. 이러한 화두를 구체적으로 고민하던 시절
이었다. 나는 성공과 야망, 혹은 그림을 그리는 일에 앞
서 그것을 하려는 나에 대한 의문이 늘 극심했다. 고민
끝에 순수 회화반에서 4학기를 보내고 나서, 나는 사
진 교수의 반으로 전공을 옮겼다. 사진이 좋아서라기보
다는 나의 사상과 역마살을 가장 잘 이해해 줄 수 있는

40

교수가 필요해서였다. 그 교수는 나의 고민을 함부로 폄하하거나 단순하게 생각하지 않았다. 그는 자상하고 누구보다 마음이 넓었고, 영성이 깊었다. 그리하여 내가 더 넓은 세상 속에서 삶의 깨달음과 내면의 답을 찾아주기를 원했다. 나는 교수의 허락하에 수업 이수 인증을 받아, 학교 수업 대신 사진을 찍으며 해외를 떠돌아다닐 수 있는 행운의 기회를 얻게 되었다. 내게 사진은 단지 내가 찾고자 하는 목적을 달성하기 위한 수단에 불과했다. 여러 우여곡절 끝에 드디어 간절히 원하던, 현실에 구애받지 않는 여행의 대장정을 시작할 수 있었다. 나는 돌아오는 항공편을 끊지 않고 나라와 지역을 옮겨 다니며 이런저런 사진을 찍었다. 세상을 걸어 다니며 작업할 수 있는 것은 내게 축복과 같았다.

관광지에 가면 사진 장비를 들고 다니며 사진을 찍는 세계 각국의 작가들이 종종 있었다. 그들과 이야기를 나누거나 함께 장소를 찾아다니며 촬영하기도 했다. 그러나 그들과 대화할수록 왠지 벽을 마주한 기분이 들었고, 결을 맞추기 어려웠다. 어떤 의구심은 점차 증폭되어 갔다. 이 행위가 과연 '무엇을 위한 것인지' 알 수 없었다.

나는 그에 대한 물음을 먼저 풀어나가야 했다. 명함을 건네며 유명 작가라고 하는 사람들은 노을이 질 때쯤 마을을 찾아와 잠깐 사진만 찍고 돌아가 전시하기도 했다. 나는 그들의 행위를 보며 예술에 대한 깊은 회의가 들었다. 예술이란 무엇인가. 걷고 걸으며 나는 그 의문을 해소해야 했으며, 그것이 촬영보다도 더 우선순위였다. 나는 점차 사진을 찍는 횟수가 줄어들었고, 급기야 카메라를 가방 맨 아래 처박아 두고서 돌아다니느라 아무것도 찍지 않게 되었다.

생각해 보니 내가 사진을 찍는 원초적 이유는 무엇을 담고 싶어서였다. 당시 나는 그것이 정확히 무엇인지 몰랐다. 포착할 수 없는 것이 분명히 있다고 추측할 뿐이었다. 내가 모르는 그것을 알고 싶었고, 너무나 보고 싶었다. 그러나 그것은 잘 주어지지 않고, 왔다가도 금방 달아났다. 단언컨대, 그것은 분명 이해하는 것이 아니라 느껴 보는 것이었고, 바라보는 것이 아니라 살아보는 것에 가까웠다. 그건 마음과 유사한 무엇이었다. 그러니까 마음이란 타자와 나의 시선을 분리해서 이원적으로 바라보는 것이 아니라, 타인 속으로 들어가 봐야 하는 것 아닐까.

몸소 그들의 삶을 깊게 공감하는 것 아닐까. 예술이란 결국 행위가 아니라 살아내는 것이 아닐까. 그리하여 여행을 하며 어느 순간부터는 행복하고 순수한 사람들 곁에서 사진 찍는 행위가 더 이상 필요 없어졌다. 문명인인 내가 그들의 삶에 갑자기 나타나 기계를 들이밀어 온전한 세계를 침범하고 있는 것은 아닐까.

무엇을 위해 찍는 것인가. 사진을 찍어 돌아가서 어떤 업적을 남긴다 한들 그것이 나 자신을 어떻게 설명할 수 있을까. 나는 언제부터인가 그들을 찍으려다 말고 그들 속으로 섞이길 바랐다. 나도 그러면 막연히 그것을 알 것 같았다. 행복해질 것 같았고, 순수해질 것 같았다.

나는 이렇듯 습관적으로 늘 행위의 원초적이고 근원적인 질문의 답을 찾곤 했다. 나는 행위에 앞서서 그 시원이 궁금했다. 내가 가고자 하는 목적보다는 그것이 지시하는 마음의 뿌리가 궁금했을 뿐이다. 무엇을, 보다는 '어떻게'. 어떻게, 보다는 '왜'가 궁금했을 뿐이다.

나는 간절한 무언가를 늘 삶 속에서 찾고자 했는데, 그리하여 순수하고 맑은 아이들을 뷰 파인더에 담고자 했던 것 같다.

아니, 단지 두 눈에 담고자 했던 것 같다. 아니, 차라리 아이가 되고 싶었다. 저 천진하고, 순수 무결하고 신성한 존재가! 그리하여 그들 속에서 그들이 되어 지내다 보면 더 이상 찍을 타자가 없었고, 그 지점이 내가 추구하는 모든 삶의 방향 (타인과 나를 이원적 시선으로 분리하는 것이 아닌 통합하고 합일하는 경지)이었다. 무엇보다 나는 여행을 통해 진정한 행복이 무엇인지 두 눈으로 목격하고 만 것이다!

나는 내가 만나온 이들의 눈빛과 태도를 꽤나 이해했고, 이제야 진정 내가 원하는 삶이 무엇인지 조금 알 것 같다. 사진을 찍는 행위는 내게 더 이상 어떤 의미도 전하지 않았다. 나는 내가 걷는 풍경 속에서, 생의 길 위에서 그냥 살기로 했으니까. 그리하여 아쉽게도 숱한 여행 중에 남긴 사진이 몇 장 없다. 인도와 네팔, 터키 등지에서 오래 무전여행을 했던 당시의 사진은 한 장도 남아 있지 않다. (여권에 찍힌 도장만 남아있을 뿐.)

그러나 나는 분명 목격했으며, 두 눈으로 온통 마주했으며, 생생히 담았으며, 거기 깊이 들어가 살았다.

살았으므로, 나는 그것을 비로소 얻을 수 있었다. 아무 것도 내 여행을 증명할 수 없지만, 그때 보고 느꼈던 타인의 삶과 장면들은 마음 깊이 뿌리를 내리고 있으며 그 여행 이후, 나는 그들이 내게 알려준 방식의 삶을 살고 있다.

그것

언제부터인가 그렇게 여행을 하면서 단 하나의 질문만
으로 걷게 되었다. 그렇게 타국의 다양한 사람들 속에서
내게 없는 것을 찾아 나서기 시작했다. 내게 없는 것을
이들은 분명 가지고 있었고, 나는 내 모든 것과 바꾸고
싶을 만큼 그것이 간절했다. 그것은 길거리의 노숙자에
게도 있었고, 작은 구멍가게 할아버지에게도 있었다. 맨
발로 거리를 뛰노는 아이들에게도 있었고, 작은 판잣집
의 가족들에게도 있었다. 점차 문명을 버리고 작은 마을
과 오지로 들어가면서부터 더 많은 이들이 그것을 건넸
다. 그것은 외모와 재능, 부와 명예, 그런 곳에 있는 것이
아니라 그 반대편에서 더 많이 발견되었다. 그것을 너무
나 가지고 싶지만, 방법을 알지는 못했으므로, 그 주위를
떠날 수 없어서 맴돌거나 더 머물러 볼 뿐이었다.

그것은 너무나 반짝였고, 그것은 너무나 가볍고 보드라운 새처럼 잡힐 듯 잡히지 않았다. 우연히 내 품에 잠시 들어와 안겼다가도 그새 달아나거나 추락했고, 나는 자주 절망했다. 아주 조심스러운 마음으로 그것을 두 손에 담으려 했으나 손끝에서 낱낱이 흩어졌다. 나는 계속해서 그것을 갈구했고, 더 간절히 찾아 나섰다. 길 위에서, 그것을 나는 점차 더 많이 볼 수 있었다. 페와 호수처럼 맑은 소녀의 눈동자에서도, 키만 한 연잎을 들고 쫓아오던 소년의 몸짓에서도, 집 없이 떠도는 방랑자들에게서도 보았다. 원피스를 입고 양 갈래로 머리를 딴 채 난간에 앉은 소녀의 뒷모습에서도 보았다. 아이에게 젖을 물리고 있던 검게 그을린 아낙들에게서도, 물가에 앉아 물고기를 잡고 있던 청년들에게서도 보았다. 그것은 분명 가방과 펜, 붓과 도화지, 책과 안경, 지갑과 옷에 있지 않았다. 그것은 잘 드러나지 않으며 사람들의 가장 깊은 곳에 있었다. 그들은 실제로 많은 것을 가지지 못했으나 그것만으로 충만했고, 나는 그들에 비해 많은 것을 지녔으나 그것만은 결코 가질 수 없었다. 길 위에서 만난 사람들은 내게 막연히 그것의 행적을 들려줬다. 누군가는 소문처럼 노래를 불렀고, 누군가는 비밀처럼 침묵하며 미소를 지었다. 누군가는 내게 그것을 보았다고 말했고, 내게 가지고 있냐고 물었다. 나는 말을 더듬었고, 때로는 고개를 숙였다. 어떤 마을에선 그것이 너무 가득해 그다음의 목적지로 떠나지 못하게 발목을 잡았고, 나는 거기서 아직 풀어야 할 삶의 숙제가 산더미 같았다. 그것은 우리의 삶과 가장 밀접하고 가장 친밀한 것이었지만, 나는 그것을 얻지 못할 때면 더 먼 곳을 헤매었다.

곳곳에서 만난 이들은 마치 이 삶에 계획되었다는 듯, 걷는 거리마다 나타나 그것을 슬며시 손바닥 위에 보여주고 사라졌다. 내가 여행을 끊을 수 없는 이유는 단지 그것이었다. 나는 그 조각을 주워 그다음, 그다음 행선지로 홀리듯 이동했다. 그리고 어김없이 거기에도 오래 기다려왔다는 듯, 친근한 눈빛을 한 이들이 한둘 나를 안아줬다. 오느라 고생했다고, 그리고 너는 조금 더 알게 되었다고.

언젠가 나는 잃어버린 조각을 주워 들고 퍼즐을 맞춰보다가 그것을 내 앞에 커다랗게 세워 본 적이 있다. 그리고 너무나 선명한 모습을 드러내는 그것을 먼 길을 돌아와 이제서야 알게 되었다.

시간이 한참 흘러 이제 나는 그것과 동행한다. 그것을 전부 설명하기란 쉽지 않다. 그것은 보이지 않는 또 다른 몸 같은 것이다. 다만 나는 그것을 얻기 위해 너무 많은 시간을 썼고, 너무 많은 시간 침묵했고, 먼 고행의 길을 통과했다.

종종 현실에 치여 다시금 시들어갈 때면 나는, 그것이 무사히 잘 있는지 눈을 꼭 감고 자주 확인한다. 더는 기적이 일어나지 않는 관계와 척박한 현실에서도 제법 잘 버틸 수 있는 연유는 이제는 내 안에 깊이 숨겨져 있는 그것을 스스로 끌어다 사용할 수 있게 되면서부터이다.

그것은 보이지 않지만, 마르지 않고 멀리 가는 것이기 때문에 나는 그것을 섬세히 길어다 글을 쓴다. 글을 쓴다는 것. 그것은 여전히 내가 내면의 길을 걸으며 마주한 그것을 가능한 가장 조심스럽고도 고운 마음으로, 누군가에게 꼭 전하고 싶은 진심이다.

이 여행 기록을 통해, 두 눈으로 직접 목격하고 가슴에 새겨 놓았던 커다란 내면을 풀어헤치려 한다.

스쳐 지나간 모든 길과 시간, 잊혀진 모든 사람들, 그들이 지나가고 사라지며 내게 알려주던 비밀들, 사라졌으나 사라지지 않는, 빛과 향기로 남은 것들, 내가 변하려 할 때마다 나를 자주 그 앞에 불러 세우는 마음들.

그러나 다시 고민한다. 여기 두서없이 쌓여 있는 지도 중에서 어떤 것을 이야기해 볼까. 주어진 분량에 따라 아쉽게도 수많은 에피소드 중에 단 하나의 이야기밖에 전달할 수 없을 것 같다.

언젠가 내 기억 속에 살아가는 사람들의 목소리를 온전히 전하는 때가 있기를 바란다. 어디에도, 한 번도 말한 적 없는 긴 방랑기의 첫 번째 이야기를 고백하려 한다. 내 삶을 가장 변화시켰던 여행, 그리고 지금까지 마음속에서 지속해 오고 또한 살아가고 있는 그날을 적어보려 한다.

마음이 부는 곳

- 모로코 편 -

마음이 부는 곳

I

'여기는 어디지?'

비가 폭포수처럼 내리는 공항이었다. 살면서 그토록 강하게 내리는 비를 본 적이 없다. 이곳은 공항이라기보다는 작은 도시의 터미널같이 허름했다. 검은 히잡을 두른 채 얼굴을 가린 사람들이 내 앞뒤로 줄지어 서 있었다. 낯선 옷차림, 삼엄한 분위기, 비행기에서 내려서야 나는 이곳이 아랍 국가구나, 예감했다. 당황스럽고도 긴장된 마음을 누르며 상황을 파악하려 했다. '여기는 도대체 어디지.' 나는 단지 가장 저렴한 항공 티켓을 끊어 아무런 정보도 없이 밤 비행기로 이곳에 온 것이다.

누군가 검은 먹물을 쏟아붓는 것처럼 비가 내렸다. 공항 밖으로 아무것도 보이지 않았고, 어떤 대책도 떠오르지 않았다. 나는 비가 그치기만을 기다리고 있었다. 주변을 둘러보아도 흔한 관광객을 찾을 수 없었다. 게이트 밖으로 한둘 흩어지는 현지인들, 어디론가 자신의 보금자리로 서서히 사라지는 이들을 바라보며 나는 다급해졌다. 갈 곳도 없으면서 그들의 행적을 쫓아 성급히 공항을 빠져나왔다. 무언가 기다리듯 서 있는 사람과 몇 마디의 영어를 주고받은 후, 마지막으로 도시로 나가는 차를 얻어 타고 무작정 그곳에서 벗어나게 되었던 것 같다. 깊은 밤, 검은 배경 밖으로 허허벌판이 이어졌고, 비는 차창을 거칠게 내리쳤다.

어렴풋하게 기억하건대, 그날 밤, 빗발 사이로 아무도 없는 텅 빈 도로와 광장을 한참 지나서야 나는 차에서 내려 몇몇 사람들을 따라 어떤 성문 안으로 들어갔던 것 같다. 잠시 그치는 듯하던 비는 다시금 거세게 내리기 시작했고, 사람들은 비를 피해 어디론가 서둘러 뿔뿔이 흩어졌다. 그런데 문제는 이제부터 시작되었다. 아까보다 더 심각한 상황이 이어진 것이다. 이곳은 내 모든 상상을 벗어난 지역임이 분명해 보였다. 어떤 판단도 내릴 겨를 없이 상황은 이상하게 전개되었다. 나는 우중 한가운데,

낯선 골목에 혼자 덩그러니 놓인 것이다. 불빛을 찾아 아무리 걸어도 아무것도 찾지 못했으며 되돌아가는 길조차 잃어버렸고, 비를 피하지 못해 다 젖은 생쥐 꼴로 미아가 되어 있었다. 주위를 둘러보아도 방향을 종잡을 수 없는 벽과 벽뿐이었다.

'정말 이상한 곳이야. 길이랄 것이 없어. 뭐 이런 데가 다 있지? 온통 질퍽거리고, 좁고, 어두운 벽과 벽뿐이야…. 미로에 갇힌 것 같았고, 악몽 속에 있는 것 같았다. 이번에는 정말 잘못 온 것 같아….'

불길한 예감에 휩싸인 채, 나는 즉흥적으로 떠나온 나를 처음으로 질책하고 있었다. 늘 무전여행에 자신 있었던 터라 전혀 예상치 못한 장소와 상황에 적지 않게 당황했다. 시간이 제법 흐르는 동안에도 나는 그렇게 갈피를 찾지 못한 채, 처마 아래 망연자실 주저앉아 있었다. 그때, 저쪽에서 어떤 사내가 이쪽으로 우산을 쓰고 터벅터벅 걸어오는 것이었다. 어두운 탓에 저것이 사람인지, 혼령인지 구분이 되지 않았다. 섬뜩한 기분에 온몸의 살결이 곤두섰다. 가까이 다가오는 이는 키가 상당히 컸고, 사람이라기보다는 왜곡된 그림자를 보는 것 같았다. 무섭다고 생각하는 순간, 그는 이미 내 앞에 성큼 다가왔다. 가무잡잡한 피부, 꼬불거리는 검은 머리카락과 수염. 어둠에 젖어 있는 그의 몰골은 음침했으며 나는 순간 공포 영화의 한 장면 속에 들어온 듯 얼었다. 모든 게 너무 불시에 일어난 낯선 사건이었다.

'여차하면 쥐도 새도 모르게 사라져도 모르겠다. 어쩌지.'

온몸이 굳었다. 내면의 불안이 요동쳤다. 심장이 빠르게 뛰었다. 그를 한껏 의심의 눈초리로 경계하고 있었다. 정신을 뚜렷이 차리려고 노력했다. 본능적으로 급히 머릿속에 내가 지닌 것들을 떠올렸다. 간소하게 온 탓에 훔쳐 갈 것은 없었다. 가방 속 지퍼백 안에는 여권, 늘 지니고 다니는 오래된 수동 카메라와 필름 몇 통, 여벌의 옷만 덩그러니 있었다. 사실상 당장 누군가 들고 가도 상관없는 것뿐이었다. 나는 당장 어떤 결단을 내려야 할 것 같았지만, 방법을 찾지 못한 채 태연한 표정을 지으며 미동도 하지 않았다. 그를 똑바로 바라볼 수가 없었다.

그러자 그는 내 앞에 똑같이 쭈그리고 앉아 나를 지그시 바라보았다.

"왜 여기 있어? 여기서 무엇을 기다리는 거니?"

나는 대답하지 않았다. 그는 차근히 나를 뜯어보는 것 같았다.

"비에 다 젖었구나. 갈 곳은 있어?"

그는 내가 관광객이라는 걸 한 번에 알아보는 것 같았다. 그렇지 않고서는 여기서 이런 몰골로 있을 리 없지 않은가. 그는 영어를 조금 할 줄 아는 것 같았고, 몇 개의 정보를 유추해 볼 수는 있을 것 같아 대화를 시도해 봐도 좋겠다는 생각이 들었다. 나는 공포를 누르고 용기를 내어 그의 눈을 바라보았다.
검은 동공. 그러나 직감적으로 느끼건대, 경계하거나 음흉한 눈빛은 아니었다. 단지 깊고 짙은, 해치지 않는다는 눈빛, 천천히 바라보니 호의적인 얼굴, 어딘지 다정한 목소리. 머뭇거리는 순간 그는 호기심 가득한 얼굴로 나에게 재차 물었다. 나는 어디서부터 어떻게 이 상황을 설명해야 할지 몰라 망설였다.

"실은 나도 여기가 어딘지 몰라. 길도 잃어버린 것 같고, 바보 같겠지만, 이 상황을 나조차 이해하지 못하고 있어. 하필 비가 와서."

그는 이런 나의 말이 마치 낯선 행성에서 지구별로 뚝 떨어진 외계인의 이야기처럼 신기했을 것이다. 그 역시도 나를 너무나 기이한 사람이라고 생각했을 것이다. 가만히 우산을 씌워준 채 경청하는 그의 표정을 보며 일단 목숨은 구했다는 생각이 스쳤고, 나도 모르게 두려운 마음이 점차 노곤해졌다. 알 수는 없지만, 막연히 마음이 그래도 된다고 지시하는 느낌.
나는 한숨을 크게 쉬고 나서 다시금 경계를 풀고 그의 눈을 바라보았다. 그 역시도 가만히 바라보며 염려되는 얼굴을 하고 있었다.

나는 언제나 직감과 느낌을 믿는 편이다. 그것은 거의 벗어난 적이 없다. 여행을 오래 하며 생긴, 위기 상황에 대처하기 위한 기민한 방어기제이자 동시에 유독 더 발달한 감각이기도 하다. 직감적으로 지금, 이 순간 대화를 조금 이어가 봐도 괜찮을 듯했다. 그저 있는 그대로 이야기하는 편이 낫겠다고 판단했다.

"나는 비행기를 타고 독일에서 이곳으로 왔지. 물론 숙소를 예약하지도 않았고. 그러니까 여긴 굉장히 낯선, 어딘가 이상한 지역 같아. 길이 보이지 않고, 여행은 맞는데, 음… 그런데 너는 왜 여기 있니?"

나의 물음에 당황한 건 그도 마찬가지였다. 그는 살짝 어색한 미소를 띠며 대답했다.

"그러게, 친구네 있다가 나온 길이었는데, 내가 왜 여기로 오게 된 건지 나도 모르겠어… 혼자 온 거니?"

"응, 혼자."

다행히도 그는 내가 무서워할까 봐 시종일관 안온한 눈빛을 취했다. 불안은 서서히 사라져갔다. 나는 이 이해 불가의 상황을 곱씹고 있었다. 그때 그가 말했다.

"너는 이곳에 올 수밖에 없었는지도 몰라. 여기 오기까지 너무 긴 시간이 걸렸겠지. 분명 용기를 냈을 테고,

무언가 절실하고 간절했을 거야. 그렇지 않으면, 이곳에 이렇게 있을 리가 없잖니."

"맞아 사실은…."

그렇게 그와 몇 마디의 대화를 나누기 시작했나 보다. 나는 점차 안정을 되찾으며 대화에 몰입하고 있었다. 나는 과거에도 이런 방식으로 대화를 유도하는 사람들을 만난 적 있다. 그런 이들에게는 평범한 사람에게는 없는 무언가가 있었다. 공통적으로 그런 만남은 시간과 공간을 완전히 잊어버리게 한다. 주변이 순식간에 신비로 둘러싸이고, 눈앞의 풍경이 일제히 사라지는 마법에 빠진다. 지금, 이 순간처럼 말이다. 우리는 서로만 덩그러니 남은 새로운 차원 위에서 대화를 계속 지속했다. 그는 분명 사람을 이끄는 묘한 아우라가 있었다. 그와 한마디 한마디를 나누면 나눌수록 나는 홀리듯 더 깊은 심중으로 빨려들고 있었다.

'믿어도 좋은 사람이야.' 내면에서 그런 목소리가 들려왔다. 그리고 솔직히 나를 드러내도 좋아 보였다. 그 역시도 내가 꺼낸 그 이상의 이야기를 들려줬다.

이곳에 앉아 얼마의 시간이 지났는지 모른다. 다시금 정신 차리고 보니 거칠게 내린 비는 서서히 그쳤고, 깊은 암흑은 우리를 더 깊어지게 했다.

처음에는 그에게 이름과 모국 그리고 나이 등등의 몇 가지를 소개했던 것 같다. 그러나 비가 그치는 동안 나는 그에게 고민과 생각 그리고 속마음까지도 다 말해버린 것 같다. 말한다기보다는 고백했다고 말하는 것이 맞다. 고백이라기보다는 무언가 내부에서 일제히 툭 쏟아졌다고 말하는 것이 더 적절할 것 같다. 그것은 언어라고 하기보다는 살아있는 물 같았다. 우리는 서로 출렁이는 결을 만들며 짧은 시간 동안 서로의 생애를 다 엮어본 것 같았다. 무엇이 사람이고, 무엇이 비인지, 무엇이 물이고, 무엇이 어둠인지, 구분할 수 없는 순간이었다.

"정말 신기하다. 카릭, 너를 이전에도 꼭 만난 것 같아, 마치." 그와 잠시 앉아 있었을 뿐인데 너무 긴 세월이 지나간 기분이 들었다.

서로가 영어로 유창하게 털어놓을 형편이 아니었음에도 아주 간단한 표현만으로도 서로의 심중 깊이 가닿았다는 사실이 믿기지 않는다. 그는 그렇게 내면으로 자꾸만 나를 유도했다. 약간의 시간이 더 지나고 정적이 왔다. 비는 조금씩 내리다 그치기를 반복하다가 완전히 그쳤다. 태어나 처음 맡는 이국의 오묘한 비 냄새가 코끝을 스쳤다. 사방의 까마득한 고요함 속에서 우리는 서로 바라보고 있었다.

"가자."

그가 짧은 정적을 깨고 말했다. 나는 다시금 마음을 곤두세우며 긴장했다. "네가 나를 믿지 못한다는 걸 알아. 이 상황이 그렇다는 것도. 그런데 일단 나를 믿어도 좋아. 무서워하지 말고 일단 안전한 곳을 한번 찾아보자."

그리고 그는 연이어 말했다.

"나를 따라와. 이 근처의 가까운 숙소에 데려다줄게. 그곳에서 일단 아침까지 한숨 푹 자고 일어나. 네가 원한다면 일어날 때쯤 데리러 올게. 그리고 진짜 여행을 하자. 이곳이 금방 마음에 들 거야."

나는 미동도 하지 않고 고민했다. 그때, 그는 다시 한번 편안한 미소와 함께 말했다.

"너는 꼭 반대로 하는구나. 가방을 열지 말고, 마음을 열어. 마음 말고, 가방을 닫아야지. 여행을 왔으면!"

나는 움켜쥔 가방을 바라보았다. 맞다. 나는 어디를 가더라도 늘 가방의 지퍼를 다 채우지 않는다. 그건 그저 덤벙거리는 나의 습관 같은 것이다. 나는 그제야 웃어 보이는 여유를 찾았다.

우리는 골목골목을 계속 걷고 걸었다. 아무리 걸어도 사방은 높은 벽으로 이루어져 있었다. 그렇게 신비한 미로로 이루어진 시간을 지그재그로 걷다 보니 어느덧 아치 형태의 문 앞에 당도했다. 작은 램프 불이 켜져 있는 문. 아라비아 삽화 속에서나 본 듯한, 그는 그곳을 가리켰다. 우리는 호텔의 낡은 철문을 열고 들어갔다. 안에는 리아드 형태의 로비가 소담하게 펼쳐졌고, 비에 젖은 로비는 온통 오묘한 색으로 반짝였다. 나는 이제서야 두 다리를 뻗고 쉴 수 있음에 안도했다.

그와 그곳에서 짧게 작별 인사를 하고, 프런트를 지나

벨보이가 안내하는 방으로 올라갔다. 주황빛 회벽이 그대로 드러난, 동굴을 연상케 하는, 모스크 타일로 바닥 장식된 이 이국적인 숙소는 며칠 머물기에는 나쁘지 않다고 생각했다. 처음 맡아본, 형언할 수 없는 향기가 아까부터 나를 계속 따라왔다. 샤워하고 옷을 갈아입고 침대에 누워 있으니 혼곤했다. 내게 일어난 이 상황이 꿈일까, 잠시 생각하자 동시에 멀리서부터 알 수 없는 아잔 소리가 서서히 울려 퍼졌다. 마치 파도처럼, 다가오면서 멀어지면서, 밀려드는 어떤 꿈속으로, 생경한 그 소리의 물결 속으로 헤엄치듯이, 그렇게 나는 서서히 잠들었다.

II

잠에서 깨어나 의식이 돌아왔을 때, 밖에서 들리는 사람들의 분주한 소리가 시끄러웠다. 바깥의 제법 부산스럽고 정신없는 분위기가 그대로 전달되었다. 방문을 두드리는 몇 번의 인기척이 있었던 것도 같다. 이미 해가 중천에 뜬 듯했다. '아 진짜 여행이야, 꿈이 아니었다고.' 생각하며 씻고 준비하는 동안에도 누군가 경쾌하게 대화하는 소리가 들려왔다. 그리고 문을 열었을 때, 그가 하이 파이브를 하듯 내게 손을 건네는 것이었다.

"잘 잤어? 컨디션이 좋아 보여 다행이다."

"덕분에, 푹 잔 것 같아!"

그는 간밤과는 조금 다른 모습으로, 조금 다른 눈빛으로,

조금 다른 표정으로 나를 반겼다. 나는 어제와 달리 선명히 드러난 그의 모습에 다시 낯을 가리며 쑥스러운 미소를 지었다. 그를 따라 숙소를 나오니 어젯밤과는 너무 상반된 풍경이 펼쳐졌다.

밤새 내린 빗물은 뜨거운 태양볕 아래 거의 말라가고 있었다. 후끈한 대지의 공기가 여행을 실감케 했다. 이 나라는 오렌지빛으로 가득하고, 나는 길을 걸으며 부신 눈을 계속 비볐다.

우리는 대문을 나서 어제 헤맸던 그 길을 다시 거닐었다. 동네가 온통 골목으로 이루어진 점은 분명해 보였다. 그럼에도 거리 전체는 너무나도 환했다. 벽과 벽 사이의 하늘 위로 이름 모를 새들이 휘날렸다. 내가 살던 독일의 잿빛 음영과는 너무나도 대조되는 황금빛 도시. 그림으로 치면 물감 중에 가장 많이 남아 있을 것 같은 잘 사용하지 않는 색감. 그리하여 이 이색적인 풍경이 더 인상 깊었다.

"이곳은 페즈라는 곳이지. 실은 많은 관광객이 찾기도 하는, 이곳은 세계에서 몇 되지 않는 미로 도시야.

9,000개의 골목으로 이루어졌지. 간혹 여기 사는 사람들도 길을 헤매곤 해. 그러나 이제부터 걱정 안 해도 되어. 나는 줄곧 여기서 태어나 살았고, 이곳을 너무 잘 알아. 나를 찾는다면, 넌 아마 길 잃을 일은 없을 거야." 그렇게 그는 어제와는 사뭇 다른 밝은 표정으로 여기저기 길을 안내하기 시작했다.

"이곳을 메디나라고 부르기도 해. 이슬람 문화의 시가지를 의미하는데 성벽으로 둘러싸여 있지. 우리는 지금 이 안에 있는 거고. 너는 어젯밤 밥부즐렛(성의 문)을 통해 이곳으로 들어온 거야."

그는 무언가 자신 있으면서도 신난 아이처럼 계속해서 자기가 사는 곳을 자랑하기 시작했다. 미로로 이루어진 좁은 골목에는 상점이 많았고, 어울려 노는 아이들, 거리의 사람들을 구경하는 이들도 많았다. 여행을 많이 다녔지만, 이런 곳은 정말 처음이다. 그리고 나는 이제서야 이 도시가 조금씩 보이기 시작했다. 페즈는 음산하고 무서운 미로가 아닌 옛 정취의 메디나가 잘 보존된 전통 도시였다.

"너 배고프겠구나. 뭐라도 먹자."

골목에는 문이 없는 가게들이 늘어서 있었고, 우리는 현지인들이 자주 간다는 로컬 식당에 들어갔다.
벽면에 구불구불한 아랍어가 그림처럼 빼곡히 새겨져 있었고, 나는 고대 벽화를 바라보듯 고개를 돌리며 쭈뼛쭈뼛 서 있었다. 메뉴판도 부적처럼 읽을 수 없는 상형문자로 가득했다. 아마 혼자였다면, 나는 아무것도 주문하지 못해서 종일 굶었을 것이다. 그의 안내에 따라 여기 지역 사람들이 먹는 민트 차, 쿠스쿠스와 타진을 시켰다.

"지금은 라마단 기간이야. 이곳 사람들은 이 기간에 점심을 먹지 않아. 괜찮아. 며칠만 더 참으면 돼."

그는 혼자 식사하는 내가 불편할까 봐 하리라 수프를 시켜 내 쪽으로 밀어 놓으며 즐거운 눈빛으로 이야기를 이어 나갔다. 음식의 맛은 서양식과 한국식이 뒤섞인 것처럼 입맛에 잘 맞았다.

"여기는 작지만, 너무나 특별한 곳이야.

이곳은 1,000년이 넘도록 무슬림 전통의 옛 방식을 그대로 유지하고 있는 곳이고… 나는 이곳에서 태어나 자라왔고, 계속 살아왔어… 이곳으로 말하자면 그러니까….”

"너 엄청 활발한 사람이었구나!"

나는 그의 설명보다 그가 말하는 표정과 시선이 더 흥미로웠다. 그는 대화 중에도 골목을 지나다니는 사람들을 힐끗 보며 계속 손 인사를 했다. 마치 모두가 다 아는 친구인 것처럼. 그중 한 무리가 이쪽으로 다가와 테이블에 빙 둘러앉았는데, 나는 약간의 경계와 함께 낯선 눈빛으로 그들을 쳐다봤다.

검은 눈썹과 수염이 가득 난, 아라비아 영화에 악당으로 나올 법한 얼굴들. 이들 중에는 이마와 눈썹에 깊이 팬 흉터가 있었고 대체로 덩치가 크며 험상궂게 생겼지만, 그들은 그런 것은 내 편견이라고 말하듯, 나를 둘러앉아 어깨에 메고 있던 악기들을 앞에 놓고 퍼커션 연주를 하며 이 여행을 환영해 주었다.

그들의 경쾌한 음악을 경청하고 나서야 걱정과는 달리 좋은 사람들이 많을 것 같다는 예감과 함께 흥미롭고 이색적인 여행이 될 것임을 직감했다. 친구들을 보내고 식사를 마치자 우리는 그대로 거리로 나와 골목골목을 가볍게 누볐다. 골목을 누비는 것 말고는 여기서 할 수 있는 것도, 할 것도 없다는 듯 말이다.

노점상이 줄지어 이어진 거리, 가판과 벽에 걸려 있는 신발들, 그 앞에서야 나는 불편한 느낌이 들었다. 간밤에 내린 비에 다 젖은 신발이 마르지 않아 너무 찝찝했던 터였다. 그에게 신발을 가리키자, 그는 알아들었다는 듯 웃으며 멈추어 섰다.

가게 내부에도 이곳 사람들이 신는 형형색색의 전통 신발들이 걸려 있었다. 도무지 도시에서는 신을 수 없을 법한 색의, 나처럼 작은 발에 맞는 신은 없어 보였지만, 아무튼 흥미로웠다. 그는 "오 이거 예쁜데." 말하며 노란색 바부슈를 가리켰다. 한국식 슬리퍼를 닮았지만, 코가 뾰족하고 컸다. 생각해 보니 살면서 노란색 신발은 신어본 적 없는 것 같다. 하지만, "이거 신으면 여기서 네가 길을 잃어버려도 내가 찾을 수 있겠다!"라고 웃어 보이는 그의 말에 나는 그것을 선택했고, 신을 갈아 신고 걸었다.

곧이어 우리는 블루 게이트(파란 성문)로 향했다. 신비한 리듬의 아랍 음악이 거리를 거니는 우리를 좇아 귓가에 흘러들었다. 재래시장, 푸줏간, 세라믹 공예품과 타피(카펫) 가게, 그리고 금속 공예를 하는 사람들, 돌판에 코란을 조각하는 상인, 그리고 이슬람 문화 양식이 잘 보존된 성전도 눈에 띄었다. 어디선가 코란 읽는 소리도 가까이 들렸다.

거리의 사람들은 고깔모자가 있는, 발목까지 내려오는 긴 망토의 모로코의 전통 의상을 입고 있었는데, 옷의 이름을 물어보려 하자 그는 내 옷깃을 살짝 잡아 가까운 어딘가로 데려갔다. 그리고 작은 골목 수선집에 들어가 몇 마디 말을 주고받더니 나에게 꼭 맞는 작은 옷을 건네줬다.

"이거 질레바라는 옷인데, 입어볼래?"

나는 그 자리에서 질레바를 걸쳤다. 마치 작은 꼬마 마녀가 된 기분이 드는 망토였다. 드디어 나는 이곳 원주민처럼 둔갑하고 다시금 거리를 자유로이 활보하기 시작했다.

그는 시종일관 웃음을 잃지 않았다. 눈을 마주치면 늘 "럭키"라 말하곤 했다. 그는 사람을 편안하게 하는 재주가 있는 듯하다. 누구든 그와 함께하면 불안하지 않을 것 같았고, 덩달아 웃게 될 것 같았다. 나는 그래도 되는 마음으로, 조금씩 그에게 의지하고 있었다.

그는 말하는 내내 가슴을 손으로 쓸어내리는 습관이 있다. 그는 말하며 가슴을 가리키거나, 심장을 잡는 제스처를 취했다. 마치 거기서 모든 이야기가 나오는 것처럼, 그곳을 자주 확인하는 것처럼, 나는 그만의 특유의 행동이 좋았다. 이상하게도 그 행동을 나도 따라 하게 된다. 거기에 분명 무언가 있구나, 알게 해준다. 그의 한마디 한마디가 거기서 흘러나와 나를 새롭게 깨웠고, 내 깊은 곳을 요동치게 했다. 그도 그럴 것이 그는 마음이라는 단어를 내게 자주 말했다.

이야기하다가도 어떤 대화가 좋을 때, 가만히 눈을 감고 "알라"하고 독백하며 가슴에 손을 얹었다.

마치 이 순간을 각인하려는 듯. 나는 그런 그가 점차 가깝게 느껴졌다.

'마음이 뭘까, 그것은 어디 있을까, 그것은 무엇으로 만들어졌을까, 이것을 마음이라 할 수 있는 것일까, 우리는 무엇으로 만났을까, 우리는 무엇을 걷는 것일까, 우리가 마음이라면 얼마나 멀리 나아갈 수 있을까.'

그림자처럼 질문이 나를 뒤따랐다. 그것을 꼭 알아야 한다. 나는 그것을 꼭 답할 수 있어야 한다. 내가 가지고 있지 못한 것을 나는 길 위에서 습득해야 한다. 왠지 그를 따라가면 그것을 가까이할 수 있을 것 같았다. 막연하고 모호하지만, 그는 분명 그것을 가지고 있었다.

분명 페즈를 여행하러 왔지만, 장소는 여행의 배경에 불과했다. 그러니까 여기서 여러 날이 지나고 보니 나는 마치 그를 여행하기 위해 온 것 같다는 생각이 들기 시작했다. 아니 꼭 만나야 했던 인연처럼, 우리는 말하지 않아도 모든 게 통하는 것 같았다.

'나와 비슷한 사람이 지구상에 있다는 게 가능한 일일까?'

'말없이 통하는 마음이 이런 것일까?'

그는 이상하게 그랬다. 그와 함께 있으면 믿을 수 없는
신비한 일이 계속 일어났다.

예를 들어 "골목 말고, 이 마을이 한눈에 내려다보이는
높은 곳이 있을까."라고 말하기 전에 그가 "우리 저쪽 언
덕에 올라가 볼까?"라고 말하는 것이다.

내가 어떤 것을 물어보려고 하면 묻지 않아도 그는 마치
다 들었다는 듯 대답했다. 아니면 침묵 끝에 어떤 말을
할 때면, 그가 "아 지금 내가 하려던 말이었어!" 혹은 나
역시 "그건 지금 내가 하려던 말인데." 하는 것이다. 그
럼 나는 두 눈이 휘둥그레졌고, 그는 다시금 가슴에 손
을 얹고 웃어 보였다.

그는 나를 바라본다기보다는 마치 이 속의 깊은 영혼을
바라보는 것 같았다. 말하지 않아도 존재 자체로 대화
하고 있는 것 같았다. 그 역시 어느새 나를 관광객이 아
닌 가족이나 오랜 친구를 바라보듯 조금 더 그윽한 눈
빛이었다.

"어떻게 이럴 수 있지? 나는 너의 목소리가 들려. 믿을

수 없어. 말하지 않아도 다 들릴 것 같아." 우리는 반짝이는 눈빛으로 서로를 바라보며 줄곧 크게 웃었다.

"마음은 세계 공용어야. 마음은 모두에게 통하는 언어이지. 마음 곁에선 어떤 인종도 차별도 가난함도 없어. 마음은 늘 공평해. 너의 눈빛처럼 나는 너를 마음으로 느껴. 우리는 우리가 대화하는 것 이상으로 많은 걸 알고있어. 진실은 말과 행동에 있는 것이 아니라 진실은 단지 마음과 생각에만 머무는 거야."

그래. 어쩌면 언어는 필요 없는지도 모른다. 말을 멈춘자리에 가득 차오르는 그 무엇이 서로에게 저절로 말을걸고 있는지도 모른다. 그것을 믿는다면, 우리는 충분히대화할 수 있다. 적어도 그것의 거대한 위력을 믿는다면. 대부분의 이들은 그것을 사용하지 않지만, 숱한 여행지에서 내가 만난 귀인들은 모두 그것으로 소통했고, 그것이 있다는 것을 보여줬다. 그 역시 그랬다.

내가 살던 나라들은 너무 차가웠다. 사람들은 날카로운얼굴로 거리를 걸었다. 마치 일어나 문을 열고 나가기 전에 단단한 갑옷을 두르는 것처럼 나는 매일 다른 표정을 장착했다. 사람들은 그런 방식으로 웃었고 만남을 위장했다. 아무도 내면의 창을 열어놓지 않는다. 저마다 환기하지 않는 밀폐실에 갇혀 사는 듯했다. 마음보다는 늘 자아를 앞세웠다. 자신을 보호하고자 더 화려하게 포장했다. 그런 서로가 만나도 도무지 소통되지 않는다. 웃으면 웃을수록 나는 내 안에서 울고 있는 표정을 자주 느꼈다. 마음이 나도 모르게 얼어붙은 것 같았고, 이제 그것을 어떻게 녹이는지 방법조차 잊었다. 나는 서서히 표정을 잃어갔다. 이대로 얼굴의 지층이 딱딱하게 굳어버린 것처럼. 마치 이 시대의 표본처럼. 벗어나지 않는 의식과 마음의 무장은 각자의 삶을 보호하는 데 유리하지만, 그런 삶은 내게 이제 시체처럼 느껴진다. 언제부터인가 삶에 어떤 희망도 보이지 않고, 믿음도 보이지 않는다. 단지 메마른 미로를 오래 걷는 기분이 들고, 삶이 자주 희미해져 휘청거린다. 정확히 이 삶에는 영혼이 뻗어 나갈 틈이 없다. 통과하며 흐를 마음이 없다. 나는 오래 내 안에 정체되어 있었다. 우리는 저마다 제 안에서 계속 맴돌 뿐이다. 그렇게 숨 막힐 때면, 나는 내가 있는 곳에서 가능한 먼 곳으로 뛰쳐나갔다.

여행은 내게 분명 세상을 향한 유일한 통로였기에, 걷고 싶은 만큼 걷고, 가고 싶은 만큼 나아갔다. 그것만이 내게 허용된 반항이었고, 마음을 쓰는 방식이었다. 단지 방법을 찾고 싶었는지도 모른다. 모두가 금기시하는 것. 그것을 허물고 싶었는지도 모른다. 아니 나는 그것으로만 살고 싶었다. 나는 나를 버리고 싶을 만큼 그 무엇이 간절했다.

나는 비 내리는 그날 밤. 처음 만난 그에게 이런 마음을 고백했다. 그는 나의 이야기를 마치 세포 하나하나를 느끼듯 골몰하고 있었다. 아무 말 없이, 긴 침묵과 함께 그는 신음했다. "너무 아프다, 네 말이." 다시금 그는 두 손을 심장 쪽으로 향한 채 들어주고 있었다. 제 몸이 아파지는 것처럼, 들어주기보다는 마치 느껴주는 것처럼. 그는 기도하듯 손을 모으고 이야기를 듣더니 말했다.

"너는 이곳에서 그것을 찾을 수도 있고, 찾지 못할 수도 있겠지. 그러나 나는 네가 이미 그것을 지녔다고 믿어. 나는 그것이 잘 보여. 잘 봐, 너는 네가 찾으려는 것을 이미 가슴속에 품고 있는 걸. 결코 단단하게 깨부수는 성질의 것이 아니지. 비가 내린 다음 날 서서히 걷히는 날씨처럼, 그것은 아주 자연스럽게 너를 밝고 따뜻한 쪽으로 인도할 거야. 나는 네게서 그것을 봐. 너는 분명 아주 특별한 색을 띠고 있어. 너는 분명 누구보다도 더 강한 믿음을 가지고 있어. 그게 진짜 이유이지. 그리고 너는 분명 이곳에 올 수밖에 없었고, 너는 그것을 위해 그 어디에도 갔을 거야." 그는 연이어 말했다.

"내일은 분명 태양이 뜰 거야."

그는 나의 진실한 고백을 거부하지 않았다. 나는 이상하게 눈물이 났다. 태어나서 처음 들어본 듯한 따뜻한 말이었다. 어쩌면 그 말 한마디를 듣기 위해 살아온 사람처럼, 단지 그것을 확인하기 위해 떠나온 것처럼. 생각해 보면 아무도 나에게 이런 믿음을 준 적이 없었다. 이런 대화를 시도한 사람도, 마음을 서로 교환하며 마주 앉아 본 사람도 없었다. 나는 무언가 내면의 먹구름이 해체되는 기분이 들었다.

"너는 너를 자연스럽게 해방할 거야. 여기서 시작될 거야. 나를 믿어도 좋아."

카릭은 내게 늘 연유도 없이 믿어도 좋다고 말했다. 길을 걸으면 나를 믿어도 좋아, 라고 말했고, 어떤 이야기를 하고 나면 맑게 웃으며 너를 믿어도 좋아, 라고 했다. 그런 말을 들을 때면, 그것이 무엇인지 모르지만, 막연히 믿어보아도 될 것 같았다.

복잡하고 굴곡진 길들을 탐험하며 이 동네가 점차 익숙해지고 있었다. 꼭 가야 할 장소가 있는 것도 아니고, 시간을 재며 이동할 필요도 없었다. 대화하며 걷다 보면 어김없이 태양이 거리의 모든 벽을 넘고 있었다. 우리는 매일 테러리(가죽 염색 공장)를 지나 높은 성의 외곽을 따라서 오래 걷다 오곤 했다. 언덕 위에는 마을이 한눈에 내려다보이는 보즈노드 요새가 있었는데, 우리는 그곳 가장 높은 곳에 올라 노래를 부르거나, 가만히 앉아 땅거미가 내려앉을 때까지 말없이 마음을 나누곤 했다. 언덕 위의 오르간 나무는 늘 그곳에서 조용히 흔들리고 있었으며 풀들은 늘 올리브 연둣빛으로 싱그러웠다. 매끈하게 빛나는 백마는 우리의 이야기를 가만히 엿듣고 있는 듯했다.

바람은 서서히 불어오며 수천 년 지속해 온, 저 멀리 내려다보이는 메디아를 가만히 쓸어주고 있었다. 나는 직감적으로 이곳을 쉽게 떠나지 못하리라는 것을 예감했다. 이곳에 하루하루 머물수록 떠나고 싶지 않다는 마음의 소리가 크게 들려왔다. 우리는 그렇게 바람이 불면 바람을 맞으며, 해가 지면 함께 기울어지며 앉아 있었다. 나는 시가지에 고요히 내려앉은 붉은 노을을 두 눈으로 꼭꼭 담았다. 심장에 뜨거운 무엇이 차오르는 것을 느꼈다. 그때, 그가 다소 낮은 목소리로 넌지시 물어보는 것이었다.

"언제까지 이곳에 머물 거니? 곧 돌아가야 하는 거지?"

나는 쉽게 대답할 수가 없었다. 침묵 속에서 너무나 복잡 미묘한 감정들이 충돌했다. 나는 머지않아 돌아가 해결해야 할 현실이 있고, 그것을 계속 살아야 한다. 거기엔 내가 형성해 온 삶의 터전이 있다. 이곳은 단지 잠깐의 여행지일 뿐이다. 그러니까 원함이 아닌 해야 함. 원하는 것과 해야 하는 것 사이에서 여전히 나는 갈등을 느끼고 있다.

삶은 늘 나에게 하고 싶은 것을 하게 하기보다는 해야 할 것들의 목록을 쉬지 않고 제공했다. 그것이 나를 더 나은 방향으로 데려다줄 것이라 유혹하고 독려했다.

사람들은 모두 그 방향으로 머리를 조아리며 따랐다. 나는 대답할 수 없어서 짧게 말했다. 저편의 이들은 *want*가 아니라, *must*를 살고 있다고 말이다.

그때, 그가 입을 열며 다시 말했다. "삶이 때로는 네가 원하지 않는 방향으로 너를 자꾸만 데려간다는 걸 알고 있어. 모두가 그 세계의 완성을 위해 몰두하지. 그러나 봐봐, 이곳 사람들을. 우리는 단지 행복이 지시하는 방향을 따르지. 네 마음속에 어떤 목소리들이 계속해서 싸운다는 것을 알아. 그러나 잘 들어봐, 그 목소리를 지배하는 것은 아무것도 없어."

도무지 이해할 수 없는 단어를 한가득 나열한, 영어도 아니고 아랍어도 아닌 그의 발음 속에서 굵고 강한 무언가가 분명 내게 전달되는 것을 느꼈다. 맞다. 나를 지배하는 건 실은 아무것도 없다. 나를 구속하고 옥죄는 것도. 그것을 결정하고 판단하는 건 오로지 내 몫임에도 늘상 그럴 수밖에 없는 삶이라며 핑계를 둘러대곤 한다. 누군가가 나를 깊은 불행 속으로 던져 놓았다고 좌절하면서 말이다. 내가 만든 세상은 내가 만들어갈 뿐이라는 것도, 무엇이 나를 벗어나지 못하게 하는지도 안다. 그럼에도 삶은 말처럼 쉽지 않은 일이다. 거대한 세상을 향해 우리는 모두 속수무책이며 수동적일 수밖에 없다. 저편에서 나는 그렇게 배워왔다. 나는 이미 타인에 의해 너무 많이 형성되었고, 너무 많이 쌓여왔으며, 제법 두터워 깨부수기 어렵다. 그럼에도 이렇게 떠나오게 된 건, 삶의 어떤 중대한 기로에 서 있었기 때문이다. 차가움과 얼룩으로 무장한 마음 앞에서 내가 내 삶을 직접 선택할 의지와 용기를 되찾고 싶기 때문이다. 나를 살리기 위한 변곡점에 왔음을 직감했기 때문이다. 여행은 살고자 하는 간절한 몸부림이었으니까. 그것을 모두 꿰뚫어 보듯 그는 내 내면의 목소리를 해석했다. 우리는 말하지 않았지만, 바라보았고, 이내 고개를 끄덕였다. 나는 입을 열었다.

"네가 무슨 말을 하려 하는지 너무 잘 들려."

그는 대답했다.

"그건 나의 목소리가 아니라, 어쩌면 네가 너에게 들려주는 너의 목소리일지도 몰라. 잘 들어봐, 너의 마음을. 우리가 살아야 할 것은 그것이야. 그것만을 살아가야 하지."

나는 그 순간, 그와 분명 동일한 빛이 서로를 뒤덮고 있음을 느꼈다. 우리 안에 가득 찬 그것이 마치 하나의 이름을 지닌 영혼 같았다. 그때, 나는 어떤 확신이 들었는지 그의 손을 꼭 잡았다.

"당장 떠나진 않을게. 지금 내가 원하는 마음은 이거야."

카릭은 다시금 가슴을 쓸어내리며 환한 미소를 보였다. 그 순간 마음이 노곤하게 녹아내리며 미세하게 떨렸다. 이 감정이 딱, 무엇이라고 형언할 수 없지만, 그 어떤 마음보다도 강한 결속감을 느꼈다. 아니, 이게 사랑인지도 모르겠다. 내게 이런 말을 해주는 이라면 누구든 사랑에 빠지지 않을 수 없을 것이다. 그리고 생각은 계속해서 질문을 데리고 왔다.

'언제부터, 어느 순간부터 우리는 사랑이었을까. 사랑은 무얼까. 그러니까 나의 어디서부터 너의 어디까지를 사랑이라 부를까.' 나는 알지 못한다. 그러나 언제부터인가 나도 모르게 마음이 그에게로 가까이 향하고 있음을 느꼈다. 그때, 그는 가만히 먼 곳을 바라보고 있는 나의 어깨에 손을 올리며 말했다.

"우리는 꼭, 우리가 몰랐던 모든 시간으로부터 만나기 위해 흘러든 것 같다. 우리는 너무나 정확히 한곳에서 만난 것 같다. 나는 시간과 공간을 다르게 이해해. 그것을 정교하게 말할 수도, 설명할 수도 없지만, 나는 너를 거슬러 지금 여기서 너의 모든 삶을 듣고 있어. 우리가 만난 시간은 중요하지 않겠지. 그런 건 말하지 않아도 잘 들리고, 잘 보여."

그건 그것 때문이라고 생각했다. 깊은 심연에서부터 이해하는 마음. 말하지 않아도 들어주는 마음. 말이다.

그와 대화하다 보면 시간이 무의할 정도로 이상하고도 빠르게 흐른다. 어느새 다시금 깊은 밤이 찾아왔고, 우리는 서둘러 언덕을 내려가야 했다. 그러나 이미 거리가 암흑 속에 완전히 잠겨 버리고 말았다.

"이 길로 걸으면 첫날처럼 미로를 헤맬 수도 있어. 아무래도 성 외곽의 지름길로 가야겠다."

저 멀리 길 아닌 곳에는 기괴하리만치 큰 나무들과 가파른 덤불숲이 펼쳐져 있었고, 그는 그 사이를 헤쳐 가자고 했다. 그러나 직전에 우리가 나누었던 마음과는 무관하게 내 깊은 곳에서는 방어 기제가 다시금 발동했다. 나는 처음 막 도착했던 날 밤의 공포에 다시금 휩싸였다.

'아, 저긴 너무 험한 곳 같다. 어둡고, 아….'

그는 믿어도 좋다는 눈빛을 보였고, 나는 다시 한번 나를 운명에 맡기는 기분으로 뒤따랐다.

"근데, 아… 안 되겠어. 이건 아닌 거 같아…. 아무것도 보이지 않아."

"안심해. 믿어도 좋아. 모든 게 보이는 어둠이기도 하지. 이 손 꼭 잡아."

카릭은 편안한 목소리로 말했다. 나는 그의 손을 꼭 잡고 암흑 속을 함께 헤치며 달렸다. 우리는 성 외곽의 숲길을 따라 빠르게 내려가 무사히 숙소에 도착할 수 있었다. 그리고 그는 대문 앞에서 돌아가기를 망설이는 듯 주춤하더니 기어코 말했다.

"내일 체크아웃하고 우리 집으로 가자. 언제까지 여기 있을지 모르니. 내일 데리러 올게."

나는 다시금 이상한 눈으로 그를 바라봤다.

"아니 믿어도 좋다니까, 또 그런 눈빛이네! 집에는 가족들이 많아, 아마 너를 정말 반겨줄 거야."

그렇게 말했음에도 내가 여전히 긴장과 의심을 놓지 않자, 그는 "잠시만!" 하고 말하더니 카운터로 달려가서 어딘가로 전화를 걸었다.

엄마를 부르는 소리 같았다. "잘 들어봐!" 하더니 그는 아랍어로 뭐라 뭐라 말했다. 수화기 너머로 호탕하게 말하는 여인의 소리가 들렸고, 나를 바꿔줬다.

그리고 시끄러운 그녀의 목소리를 들려주며 한 번 더 웃었다.

"알았어 알았어! 엄마."
"오케이. 들었지? 너무 반기시는데!"

"일단 내일 아침에 체크아웃할게. 데리러 와."

그의 제안에 마지못한 표정으로 대답하며 생각했다. 이 운명이 어디로 향하는지 모르지만, 이 순간만큼은 나를 제어하고 싶지 않았다. 그곳이 사자의 우리 속이더라도, 나는 일단 마음이 움직이는 곳으로 가볼 것이다. 그것에 나를 맡겨 보기로 한 것이다.

III

다음날 우리는 페즈의 골목골목을 누비고 난 후, 오후
가 넘어서야 그의 가족이 사는 집으로 향했다. 택시를
타고 달리며 창문 너머로 도시를 붉게 물들이는 아름다
운 태양 빛을 감상하고 있었다. 건물은 너무나 밝고 빛
났다. 하얀 거리에는 야자수들이 도로의 일렬로 놓여 있
었고, 형형색색의 사람들은 흔적처럼 오색 선을 그으며
사라졌다. 한참 달리고 나서야 드디어 도로가 넓게 뚫
린 도시가 나타났다. 그의 가족들이 사는 집은 신시가
지에 있었다.

'이제 더 이상 9,000개의 미로를 헤매지 않아도 된다
니!'

그의 가족 집은 성의 외곽에서 먼 곳에 있었다. 붉은 태양이 제법 강렬했다. 나는 손으로 얼굴을 간간이 가리며 구획 있게 정비된 인도를 걸었다. 거리는 구시가지의 낡은 풍경과 대조되어 마치 새로운 나라를 여행하는 듯했다. 이 마을은 내가 머물렀던 저편과는 너무 대조되어 평화롭고 고즈넉했다.

곧이어 그의 옷깃을 잡고 대로변 모퉁이의 빌라 2층으로 올라갔다. 그리고 급하게 문을 두드렸다. 안에서 여인의 밝은 목소리가 울려 퍼졌다. 아마도 "잠깐만" 같은 말인 듯했다. 문이 열리고 그녀가 활짝 웃으며 나를 반겼다.

"오! 이런. 작고 예쁜 친구를 데려왔구나! 어서 들어오렴."

표정과 손짓 속에서 그의 엄마가 나를 무척 반긴다는 것을 알 수 있었다. 반짝이는 눈빛의 아이들 서너 명이 그녀의 뒤에서 호기심 가득한 표정으로 쳐다보고 있었다. 나는 조심히 실내로 들어갔다. 천장의 모스크, 바닥은 화려한 페르시아 문양의 카펫이 깔려 있었고,

한 세기는 거뜬히 버텼을 법한 소파에는 그의 아빠가 앉아 있다가 천천히 일어서며 손을 내밀었다. 그리곤 곧이어 여기 와 앉으라는 손짓을 했다. 깊이 주름진 얼굴 속에서 투명한 눈빛이 구슬처럼 빛났다. 주방에서는 동그랗고 토끼 같은 얼굴의 여인이 앞치마에 손을 닦으며 달려 나왔다. 그녀는 그의 형의 부인인데, 그녀의 동작은 유독 경쾌하고 커서 걸어오는 모습이 마치 춤을 추는 듯 보였다. 그는 내게 가족을 소개했다.

"우리 아빠, 그리고 여긴 우리 엄마 김자, 그리고 여긴 나의 두 번째 엄마, 여기 내 동생, 그리고 내 형의 부인 아미에. 그리고 여긴 그의 아이들…." 소개는 길게 이어졌다. 나는 이 생경한 사람들 속에서 포근한 소속감을 느꼈다.

이들은 낯선 나를 왜 이토록 반기는 걸까. 왜 모르는 사람을 가족처럼 여기는 걸까. 왜 나한테 이런 대우를 해주는 걸까. 나는 이 호의가 정말 고마우면서도 내가 살아왔던 차가운 생활 방식대로 약간의 의심과 의문을 함께 가졌다. 나는 이런 호의를 그대로 받기보다는 계속 경계할 수밖에 없었는데, 그도 그럴 것이, 내가 태어나 보고 자란 곳에서는 이런 다정함은 본 적이 없기 때문이다.

내가 겪지 못한 마음이기에, 선뜻 이해되지 않았다. 아무렴 마음은 이해해야 할 종류가 아니기에 나는 순순히 이 상황을 받아들이려 했다. 그들은 나의 의심을 계속 지워나가게 했다. 언어가 다르고, 서로 하는 말을 몰라도 상관없었다. 아니 가족보다도 더 가족 같은 친근함과 편안함이 공간 전체를 감돌았다. 낯가릴 겨를도 없이 그들의 손을 부여잡고 웃으며 눈빛을 나눴다. 한순간 마음이 내려앉았다. 우리는 둥글게 앉아 저마다의 언어로 하고 싶은 말을 했다. 너무 신기한 것은 전혀 다른 언어권임에도 그들의 말을 온전히 알아들을 수 있다는 것이다. 여기서, 아니 적어도 그 곁에서는 모든 게 가능했다.

우리는 어쩌면 많은 대화와 의견이 필요 없는지도 모른다. 많은 언어를 앞세울 필요가 없을지도 모른다. 말을 버릴 때, 비로소 마음의 순수성이 그대로 투명하게 드러난다. 나는 그것을 외국에 오래 살며 그리고 여행하며 다양한 사람들을 통해 많이 보아왔고 겪어왔다.

단지 마음을 열고 상대를 주시한다면, 말하지 않아도 느낌은 분명히 전달될 것이다. 영어를 몰라도 상관없고, 현지어를 몰라도 상관없다. 언어는 삶에 있어 중요한 요소가 전혀 아니다.

나는 가만히 그들의 이야기를 들으며 계속 생각을 이어갔다. 내 생애에 이렇게 축복받은 적이 있을까. 아니 없다. 나는 어디서도 이런 호의를 받아본 기억이 없고, 그런 마음을 나는 배워본 적이 없다. 눈을 마주치기만 해도 볼을 비비며 안아주고 인사하는 그들을 보며, 나도 누군가를 집에 데려왔을 때, 내 가족들이 이토록 반겨줄 수 있을까 반대로 떠올려봤다. 그러나 확신할 수 없었다. 그가 만약 우리 집에 온다면, 온다는 가정도 불가능하다. 표정 없는 얼굴들, 온갖 선입견과 낯선 시선에 시달릴 것이 분명했다.

김자 엄마는 내 손을 꼭 잡고 손등을 쓰다듬어주며 잘 왔다고, 잘 왔다고, 귓속말로 이야기했다. 그 장면을 지켜보던 카릭은 흡족한 미소로 이 순간을 즐겨도 좋다며

윙크했다. 나는 머쓱하게 웃으며 그의 얼굴을 자주 쳐다봤다.

"우리 엄마가 너를 무척 반겨. 여기서 오래 지내도 되고 마음대로 생활해도 좋다고 하셨어."

그렇게 환하게 말하며 내게 집의 곳곳을 안내했다.

"이리로 와봐, 여긴 빈방이야. 좁긴 하지만, 깨끗하게 치워놓았지. 너는 여기서 생활하면 되고."

나는 어느덧 그 방을 내 방처럼 짐을 여기저기 풀어놓고 편하게 둘러봤다. 푸른 방의 왼쪽 벽면에는 누군가의 포스터가 붙어 있었는데, 나는 사진 속 여인을 계속 바라보았다. 너무나 아름답고 묘한 눈빛의 여인이었는데, 자꾸만 나를 바라보고 있는 것 같았다.

그 방에 있는 동안, 나는 이런저런 생각을 정리해 보거나 그날 있던 여행의 추억을 계속 곱씹곤 했다. 그러다가도 사진 속 그녀와 계속 눈이 마주쳤다. 낮잠을 자고 일어날 때도, 불 끄고 잠을 잘 때도, 계속 그녀가 이쪽을 쳐다보는 것이 의식되어서 고개를 돌려 슬며시 곁눈질 하기도 했다. 왜인지는 모르겠지만, 정말 살아서 나를 주시하고 있는 생생한 느낌을 지울 수 없었다. 그녀가 사진을 뚫고 나와 내게 말을 걸 것 같았다. 왠지 불편하기도 하고, 신비로웠다. 그냥 지나치기에는 계속 시선이 가는 얼굴이었다.

어느 날 그와 이 방에서 대화하고 있었는데 벽면을 힐끔 힐끔 쳐다보던 나를 그가 지켜보다가 침대 아래 무릎을 꿇고 앉아 내 눈높이를 맞추며 말했다.

"너도 알아보는구나. *Um Kulhum.* 전설의 여인, 이집트 여가수. 우리는 모두 그녀를 너무 사랑해. 나는 그녀의 노래를 듣고 자랐지. 한 나라의 국가처럼, 그녀의 노래를 모르는 사람이 없었어."

"그녀의 음색은 목소리에서 시작된다기보다는 알 수 없는 영혼 깊숙한 곳에서부터 흘러나와 듣는 사람들의 마음 깊이 소리를 전달했는데, 그녀는 마치 인간이 아니라, 하나의 신성한 영혼 같았어.

그녀에겐 분명 성스러운 그 무엇이 있었어. 설명할 수 없지만, 모두가 그녀의 음악을 들으면 그것을 느끼곤 했지. 그렇게 그녀는 모든 이들의 마음을 보듬어주었어. 모두는 그녀를 무척 사랑했지. 그녀가 죽었을 때, 이곳 사람들은 대통령의 죽음보다도 더 슬퍼했어. 거리엔 수만 명의 사람이 쏟아져 나왔지. 모두가 머리를 땅에 대고 깊은 애도를 했어. 그러자 신기하게도 믿을 수 없는 일이 일어났어. 그날 밤, 비가 내리고 우리는 분명 땅의 울음소리를 들었지. 그녀의 목소리처럼 말이야."

그는 점잖게 말하다가 그녀의 노래를 들려줬다. 노래라고 하기엔 곡조에 가까운, 울음이라고 하기에는 한에 가까운, 한이라고 하기에는 너무나 영혼에 가까운.

그는 그녀의 노래를 따라 부르기 시작했다. 너무나도 구슬프고 아름답게.

사랑하는 자들은
각자의 길을 걸어가겠죠
세상은 우리가 알고 있는 것처럼
잠자던 사람들은 깨어나 약속을 기억하겠죠
잊어버리는 것을 배워요
지우는 것을 배워요

운명인 나의 모든 사랑
불행은 우리가 만든 것이 아니죠
언젠가 우리의 운명이 충분히 강해졌을 때
우리는 만나게 되겠죠
자신의 길을 따라간다면, 오
만약 우리가 낯선 사람으로 만나게 된다면
그것을 우연이라 말하지 말아요
운명이라고 말해요

그가 들려주는 이야기들은 매번 몽환적이고. 동화처럼 순수했는데, 그가 그녀의 노래를 듣고 전율하듯, 나는 그에게도 비슷한 무언가를 느꼈다.

나는 오랫동안 누군가와 뿌리를 탐미하는 대화를 추구해 왔다. 웃음과 농담으로 점철된, 그러니까 마음의 본질을 숨긴 채 말의 윤곽만 배회하는 사람들의 대화 속에서 깊은 환멸과 갈증을 느끼곤 했다. 분명 만남에 있어 내면의 깊이를 파헤친다는 것은 누구에게나 두려운 일이고, 그것을 들킬세라 모두 더 크게 웃으며 심중에 있는 것들을 가리기 바빠 보였다. 내가 살아온 세계에서 마음이란 금기와 같았고, 나는 그것이 당연한 현상인 줄 알고 살아왔다. 그리하여 나는 누구보다도 위장을 잘하게 되었다. 그건 세상을 살기 위한 나만의 전략이고 무기였다. 하지만 나는 이 삶의 염증을 견딜 수 없다. 온통 시체만 사는 도시를 홀로 어지럽게 걷는 기분이다. 내가 믿어야 할 마음이 꺼져갈 때면 죽어가는 촛불을 살리기 위해 대부분의 시간을 기도하듯 홀로 애썼다. 그러나 신기하게도 타지에서의 나는 전혀 다른 존재가 되었다. 이상하게도 낯선 장소에서 나는 순수한 눈빛으로 사람을 대하고 거리를 자유로이 배회할 수 있게 된다. 그러다 보면 그처럼 빛나는 사람들을 만나게 되는 것이다. 만났다기보다는, 동한 것이라 표현하는 게 잘 맞겠다. 투명하고 맑은 영혼은 진동하고, 흔들리며, 견고하게 연결되는 법이다. 그렇게 이국의 거리에는 언젠가 꼭 만날 수밖에 없는 이들이, 기다렸다는 듯이 어디선가 나타났다.

카릭 역시도 분명 여느 사람들과 달랐다. 유독 더 맑고 투명했다. 너무 투명한 나머지 마음의 흐름이 그대로 전해졌다. 그는 인간이 가진 유일한 불변의 속성을 지속해서 보여주고 있었다. 출렁이는 수면, 그러니까 그는 유동적인 물결과 파장을 말하는 것이 아니라, 마치 수중 아래의 흔들리지 않는 그 무엇을 말했다. 거기 보이지 않는 신성한 영혼이 무중력 상태로 있었다. 그와 교감을 할 때면, 분명 그것을 느꼈는데, 깊은 마음의 한 지점에서 무언가 고요하고 깊게 호흡하는 것 같았다. 이곳 사람들은 흔들림 없는 심중에서 자유롭게 헤엄치는 고래를 닮아 있었다. 본질을 흐리지 않고 서로를 탐미했으며, 그 곁에서 삶의 위트를 발견해 내곤 했다. 나는 그들 속에서 기근이었던 마음이 오아시스를 만난 것처럼 생기를 되찾았다.

형언할 수 없지만, 자연스럽게 심장이 윤활하기 시작했고, 멈춰 있던 심신은 다시금 움직임을 되찾는 듯했다. 나는 이제서야 누군가와 상호 소통하는 기분이 들었고, 살아 있는 느낌이 들었다.

카릭은 무언가 곱씹는 내면을 이미 보았는지, 복잡한 생각하지 말라며 눈을 지그시 바라봤다. 그리고 점점 더 크게 노래를 부르기 시작했다. 그의 기다란 몸이 조금씩 자유로운 영혼으로써 흐느적거렸다. 나는 나도 모르게 그를 따라 나를 맡기고 음악에 맞춰 몸을 움직이며 춤을 추기 시작했다. 마술처럼.
(분명 그건 생명이 없는 석상을 살려내는 것만큼이나 마술과 같은 일이었다!)

나는 그렇게 카릭의 손을 잡고 방에서 거실로 나갔다. 거실 소파에 앉아 뜨개질하고 있던 김자 엄마도 웃으며 일어섰다. 또 그것을 주방에서 지켜보던 아미에도, 우리는 마치 하나의 음, 혹은 태초의 영혼이 되어 몸을 흔들었다. 오선지 위의 음표처럼 서로의 음을 연결하며 노래를 불렀다.

아무도 어색하게 바라보지 않았고, 아무도 이상하게 생각하지 않았다. 점점 더 크게, 노래를 부르고 점점 더 음악에 몸을 내맡겼다. 서로의 어깨를 부딪치면 웃음이 절로 나왔고, 우리는 울다가 웃다가 몸짓이 점점 더 커지기에 이르렀다.

(이곳 아랍 음악은 이상하게도 신성한 울림이 있다. 나는 귀국해서도 한동안 카릭이 이별 선물로 준 CD를 들으며 그 나라의 음악에 심취해 있었다. 다시금 영혼이 시들어 현실로 완전히 복귀하기까지. 한동안 그 음악을 들으며 혼자 흥얼거리고 흐느적거리기도 했다.)

창문의 안쪽으로 어느새 어둠이 내려앉았다. 한참을 웃고 난 뒤, 김자 엄마는 눈가를 닦다가 여전히 웃으며 말했다. "저녁을 먹어야 할 시간이란다." 그러나 집의 어느 곳을 둘러봐도 시계 하나 보이지 않았다. 나는 옆에 서 있던 카릭에게 물었다. "그러게, 여기에는 시계가 없네, 몇 시지?"

카릭은 "우리 집, 사람들은 시계를 본 적 없어. 때 되면 마음에서, 그리고 몸에서 정확한 시간을 알려줘. 아마 우리 엄마의 시간이 시계보다도 더 정확할걸." 말하며 웃어 보였다.

늘 시계를 차고 다니고 약속에 맞춰 헐레벌떡 달리는 게 익숙했던 나는 시계 없이 사는 삶을 떠올릴 수가 없었다.

"우리는 시계가 필요 없어. 이곳 사람들은. 아니 우리 가족은 적어도 타인의 시간에 맞춰 살지 않아. 모든 게 자연스럽게, 배가 고프면 정확히 밥을 짓고, 식사를 하지. 잠이 오면 자고, 보고 싶으면 보러 가. 근데 굉장히 그 시간이 정확하게 이루어진다는 거야. 오래전부터 우리는 그런 생활 방식으로 살아왔지."

그러고 보니 내가 그를 만날 때면, 늘 어디에서 만나자 약속하곤 했는데, 그는 적당한 때쯤에 등장하거나 빠짐 없이 내가 머물던 숙소에 와서 기다리곤 했다. 이 사실을 말하니 그는 대답했다.

"다만 너를 만나기로 했고, 나는 너를 만나러 갔을 뿐이야."

"그럼 어떻게 시간을 맞춰 올 수 있지?"

"나는 그때쯤 네가 일어났겠지. 하고 떠올렸을 뿐인걸. 어디서 만나자 할 때면 시간 약속을 하지 않아도 때 되면 모두 거기서 만나지. 조금 늦거나, 조금 이를 수도 있지만, 아무도 기다리다가 불평하지 않아. 노래를 부르거나, 옆 사람과 이야기하거나, 춤을 추고 있으면 오늘 안에 만날 사람은 꼭 만나게 되니까."

우리가 대화를 나누는 동안, 알 수 없는 맛있는 냄새가 집 안에 가득 퍼졌다. 언젠가 먹어본 적 있는 모국의 향취 같으면서도, 또 전혀 알 수 없는 향신료 냄새도 뒤섞여 있었다.

아미에는 그런 내 궁금증에 회답하듯 주방에서 빠르게 음식을 내왔다. 나는 그녀가 그것을 식탁에 놓자마자 서둘러 음식을 호기심 가득 내려다보았다. 발효된 빵에 옥수숫가루를 뿌려 구워낸 담백한 홉스 빵은 모로코 가정식 식사에서 빠질 수 없는 주식인데, 우리는 동그란 식탁에 앉아 빵 안의 속을 파내고 취향에 따라 샐러드와 고기 등을 넣어 먹었다. 갓 따온 신선한 열매에서 추출한, 올리브유에 찍어 먹는 빵 맛이 정말 일품이었다.

나는 식사 전후로 기도하는 그들을 힐끗힐끗 관찰하다가 언제부터인가 나도 진심으로 기도하기 시작했다. 그것이 어떤 의미인지, 기도의 방법을 몰라도 안다. 식사를 맛있게 먹을 수 있음에 신께 감사함을 전한다는 사실을. 매 순간 진심을 다하고 있음을. 그러한 종교적 습관 때문인지 그는 무엇을 하든 늘 감사하다고 했다. 예상치 못한 상황을 만나거나 골목을 걷다가 잠시 방향을 잃을 때도, 그는 늘 웃으며 감사하다고 말했다.

"뭐가 그렇게 감사할 것이 많지?" 나는 장난을 치며 물었던 적이 있다. "그러게, 의미를 담아본 적은 없어. 나는 그냥 감사할 뿐인걸."

이곳에서의 일상도 여느 때와 다르지 않고 한가했다. 우리는 식사 후 동네 한 바퀴를 돌거나, 옥상에 올라가 그의 어린 조카들과 공놀이했다. 그러다 종이를 가지고 온 아이들에게 한국어로 이름을 알려주거나 아랍어로 그들의 이름을 익혔다. 서로의 이름이 마치 특별한 그림 같아서 각자의 노트에 반복적으로 쓰면서 그 그림들을 외웠다.

그럴 때면 아이들은 나를 향해 웃으며 "슈크란."이라고 말했다. "슈크란." 내가 이곳에 있으면서 가장 많이 들은 단어였다.

어느덧 나도 어떤 행위에 앞서 가슴에 손을 얹고 슈크란(감사합니다), 혹은 인샬라(신의 뜻대로)라고 습관처럼 말하고 있었다. 거리를 걷다가 웃는 사람들, 손을 흔드는 사람을 마주할 때도, 모르는 언어로 속삭이던 많은 사람을 향해서, 오후의 뜨거운 태양 빛을 향해서, 저녁의 온화한 바람결, 내려다보이는 모든 풍경을 향해서. 지금 이 눈부신 장면을 지나가고 있음에도 슈크란.

그렇게 또다시 밤이 찾아왔고, 이곳에서도 제법 많은 시간이 흘렀다. 달력과 시간을 모른 채 지낸 나는, 문득 오늘이 며칠인지 궁금했다. 그러나 물어보지는 않았다. 오랜 관성처럼, 내가 외면하고 떠나온 삶의 안부가 문득 궁금해지고 현실을 떠올리기도 했다. 마냥 이렇게 살 수만은 없는 노릇이다. 나는 언제까지고 여행자이기 때문이다. 내겐 다시 돌아가야 하는 삶이 있고, 그것을 다시 살아야 한다. 살아내어야 한다. 갑자기 또다시 많은 생각이 교차하여 마음이 어수선해졌다.

언제까지 여기서 이렇게 머물 수 있을까. 그 끝이 서서히 다가오고 있음을 예감했다.

옥상에서 저 멀리 메디아 위로 떠오르는 샛별을 바라보면서 그는 여전히 가슴에 손을 올려놓고 있었다. 나는 그런 그에게 기대어 서서 반짝이는 별들을 함께 감상하고 있었다.

"카릭, 너는 행복하니?"

"행복, 음… 그게 뭘까? 삶 속에 행복과 불행을 구분할 수 없어. 그것은 분명 한 몸을 지닌 거야. 우리가 어떻게 살게 될지는 우리에게 달렸어. 신은 늘 우리가 스스로 답을 찾아가길 기대해. 아무도 정답이나 오답을 내릴 수 없어. 저마다 살아야 할 것이 있을 뿐. 진심. 진실. 오로지 그것만으로."

그는 나의 질문을 한 번도 허투루 듣지 않고 늘 진지하게 대답했다. 그는 행복에 어떤 의미를 두기보다는 매 순간 최선을 다했다. 그런 방식으로 그는 행복을 논하며 가르쳐주는 것이 아니라, 내 눈앞에 행복한 삶을 보여줌으로써 스며들게 했다. 스며들면서 행복을 알게 해주고 있었다.

그와의 대화는 마치 마음속 미궁에서 오래 길 잃고 방황하는 내게 손을 내밀어 인도하는 기분이 들게 했다. 매번 그런 식으로 그는 앞서 걸으며 손짓하고, 나를 잿빛 망령으로부터 떼어놓듯 뒤흔들었다. 나는 흔들리며 깨어났다. 깨어나며 선명해졌다. 그리고 점차 시간이 지날수록 이 여행을 쉽게 잊을 수 없겠다는 확신이 들었다. 행복하다. 음, 그게 뭔지는 모르겠어. 그런데 문득 행복하다는 마음이 들기 시작해, 이건 행복이겠지. 혼자 생각하며 오랫동안 이곳의 미풍과 하늘을 가슴 깊이 담고 있었다.

IV

얼마나 많은 하루가 흘렀을까. 가족들이 다시금 한자리
에 모여 회의하는 것 같았다. 매일 한자리에 둥글게 모
여 앉아 대화를 나누긴 했지만, 이날은 유독 더 많이 웃
는 듯하고 다소 들떠 보였다. 느낌상 무언가 계획을 하
는 듯했다. 나는 내 옆의 그에게 해석을 부탁했다.

"우리 아무래도 내일 여행을 갈 것 같아."

"Was? suddenly? 모두? Tomorrow? echt?"

나는 이렇게 당황하면 간혹 한국어와 영어와 독일어를
뒤섞어 말하기도 했는데, 그는 한 번도 고개를 갸웃하지
않고 다 알아들었다.

"응. 모두. 내일 아침에 출발하려는 모양인데!"

"왜 갑자기?"

"네가 와서, 네가 와서 우리 가족들이 여행하고 싶대. 우리도 몇 년 만에 처음 가는 거야. 모두 너무 즐거워하고 있어." 어디로 가는지 그는 지명을 알려줬지만, 너무 낯선 지명이라 기억할 수는 없었다.

"이곳에서 3시간 정도 지방으로 가면 거기에 친척들이 살아. 네가 괜찮다면, 그곳에서 우리랑 잠시 머무는 게 어때? 거기는 올리브 나무와 노을과 달빛이 세상에서 가장 아름다운걸, 끝없이 펼쳐지는 녹색 사막을 볼 수 있을 거야. 분명 너는 그곳을 좋아하게 될 거야."

나는 그의 이야기를 들으면서도 머릿속으로 풍경이 잘 그려지지 않았다. 나를 이곳에 조금 더 오래 머물게 하고자 하는 그의 노력이 사랑스럽게 느껴졌다. 그리고 무엇보다 왠지 즐거운 여행일 것이 분명했다. 내게 많은 시간이 주어진 건 아니지만, 그 정도의 여행은 충분히 만끽할 용기가 있다.

내 대답이 떨어지자 동시에 모두 분주하게 움직였다. 일 사천리로 짐을 꾸리고, 음식을 챙기고, 여기저기 전화를 했다. 이 모습은 마치 우리네 가족이 명절을 보내러 떠나는 모습과도 다름이 없었다.

"근데, 뭘 챙겨야 하지? 다 들고 가야 하나?"

"네 짐을 가져갈 필요는 없을 것 같고, 꼭 필요한 것만 챙겨. 그러니까 너 말이야!"

그는 진지하면서도 간간이 농담을 섞어 장난치곤 했다. 그럴 때면 나는 팔뚝을 치며 또 그런다며 웃었다. 웃으며 속으로 곱씹었다. 이런 삶에서 나가고 싶지 않다고. 실은 나 그냥 여기서 이렇게 살고 싶다. 너랑 이 가족들과 함께. 그럼, 평생 행복할 것 같아…. 내 속내를 그가 듣지는 못했겠지만, 그가 내 말을 이미 짐작했을 것이라 생각했다. 그러면서 모른 척 콧노래를 불며 바삐 움직였다.

우리는 이른 아침 출발하기 전 분주했다. 김자 엄마는 내 긴 머리를 곱게 따주고 나서 자신이 아끼는 꽃무늬

스카프를 머리에 예쁘게 묶어줬고, 나는 발목까지 감싸는 긴 검은 옷을 입었다. 그는 전통 복장인 흰색 깐두라, 목까지 올라오는 긴 셔츠와 통이 넓은 바지를 입었고 머리에는 파란 히잡을 둘렀다. 옷을 갈아입고 나온 그를 마주하자마자 나는 눈이 휘둥그레졌다. 내 앞에는 눈부신 한 사람이 서 있었다. 나는 환하게 빛나는 그가 마치 어느 왕국의 왕자처럼 보였다.

"카릭, 오늘 너무 멋있다."

그는 엄지를 척 들어 보였다. 준비는 모두 끝나 보였다. 우리는 집 밖에서 대기하고 있던 택시 2대에 나뉘어 탔다. 김자 엄마와 아미에는 뒷좌석에, 나랑 카릭은 운전석 옆자리에 앉아 출발하는 차 안에서 음악을 듣거나 서로의 어깨에 기대어 풍경을 바라보고 있었다. 그렇게 말없이 온기를 느끼고 있으니 친근하고 편안한 느낌이 우리를 감쌌다. 이성에 대한 감정이라기보다는 마치 오래 함께 산 나의 쌍둥이 같거나 가끔 장난을 칠 때면 남동생 같기도 한, 어쩌면 한 배에서 태어난 진짜 핏줄 같은 그런 느낌말이다.

달리는 차 안에서 즐거운 풍경이 눈앞에 펼쳐질 때마다 그는 나의 손을 꼭 잡으며 마치 저기를 봐봐! 하는 듯한 눈빛을 콕콕 찔렀다. 같은 풍경 속에서 교감하는 방식은 연인과도 같았다. 전혀 다른 생활과 문화권에서도, 사랑과 마음을 표현하는 행위와 몸짓도 세계 공용어일까. 좋아하는 마음을 표현하는 방식은 모두 같다. 차를 타다가 졸 때면, 옆 사람의 고개를 들어 자기 어깨에 기대게 한다거나 차가 급정거를 할 때면 팔을 뻗어 다치지 않게 보호하는, 그런 흔한 행동들 말이다. 졸다가 깨면 창밖을 바라보다가 음악이 흥겨우면 우리는 또 아무렇지 않게 어깨를 흔들기도 했고, 콧노래를 흥얼거리기도 했다. 그러다 눈이 마주치면 서로 웃어 보였고, 어떤 대화의 여운 끝에서 서로를 안아주기도 했다. 아무도 알려주지 않았지만, 우리는 그렇게 세상 모든 사랑의 방식으로 교감했다. 그러는 동안 베이지색과 살구색에 가까운 이 신비로운 천 년의 도시는 저 멀리 밝은 한 점으로 서서히 작아지고, 점차 드넓은 황야와 초지 사이를 내달렸다.

페즈를 벗어나 3시간쯤 달렸을까, 어느새 눈앞의 풍경은 전혀 다른 이국을 펼쳐 놓았다. 완만한 습곡이 드넓게 드러나기 시작했다.

"와…!" 말을 잊지 못한 채 손가락을 뻗어 푸르고 끝없는 능선을 가리켰을 때, 카릭은 다시 한번 내 손을 꼭 잡았다.
언덕에는 올리브 나무며 아르간 나무가 빼곡히 있었고, 푸른 장면은 바람의 결에 따라 거대한 흐름을 만들며 마치 달려 나가듯 흔들리고 있었다.
속력을 낮추며 달리는 자동차 옆으로 가방을 멘 아이들이 웃으며 손을 흔들면서 시야 밖으로 한둘 사라져갔다. 저 멀리 구릉 너머에는 당나귀나 말들이 풀을 뜯고 노닐고 있었다. 슬로 모션으로 지나가는 모든 장면이 마치 꿈결 같아서, 나는 어딘지 모르게 세상에 없는 동화 속으로 가고 있는 기분이 들었다. 그렇게 굽이굽이 푸른 동산 사이의 좁은 길을 계속 달렸다. 눈앞의 장면은 해외여행 중에도 전혀 본 적 없는 경이로운 풍경이었다.

초원의 사잇길로 한참 들어가고 나서야 차가 멈췄다. 전체가 올리브 나무라고 해도 무방할 언덕이었다. 택시 기사가 경사 길에서부터는 걸어 들어간다고 했다.

우리는 짐을 들고 차에서 내렸다. 긴 운행에 목이며 엉덩이와 허리가 모두 아픈 터였다. 보자기에 싼 김자 엄마의 짐과 내 가방을 양어깨에 단단히 메고 있는 그는 여전히 힘든 기색 없이 가뿐해 보였다. 그렇게 앞서 걷는 그를 따라 우리는 나란히 한 줄로, 깊은 마을로 걸어 들어갔다. 그의 흰 옷깃이 깃발처럼 펄럭였다. 그렇게 푸른 동산을 가로지르는 그를 뒤따라가며 바라본 풍경에 나는 감탄사가 절로 나왔다. 멀리 놓인 원경이, 비로소 시야에 둥글게 펼쳐지기 시작했다.

"와... 뭐야 와! 녹색 사막. 끝없이 펼쳐진 녹색 사막!"
경계를 가늠할 수도 없이 펼쳐진, 온통 녹색 물결이 출렁이는 장면이었다.

언덕마다 바람이 깃들어 초원의 풀들이 누웠다 일어서며 바람의 화음을 들려줬다. 머리칼이 심하게 나부끼자, 김자 엄마는 스카프를 얼굴 앞으로 다시 한번 묶어줬다. 우리는 저편으로 끝없이 펼쳐지는 푸른 마을을 가만히 서서 감상했다.

"믿을 수 없어, 놀라워! 살면서 이런 풍경은 본 적 없어."

"봐봐 내가 녹색 사막이라 했지?" 카릭은 만족스러운 눈빛으로 대답했다.

올리브 나무가 가득한 초원. 이곳은 굉장히 땅이 기름지고 풍요로웠다. 나는 걷던 길을 멈추고 저 아래까지 멀리 내려다보았다. 그리고 믿을 수 없는 광경을 섬세히 담고자 했다. 이건 분명 꿈이다. 그와 함께 웃으며 와르르 뒹굴고 싶은 동화 속 한 장면이다.

이 형언할 수 없이 아름답던 마을의 지명을 모른다. 아무리 떠올려보려 해도 알 수 없었다. 지도를 검색해 봐도 푸른 동산은 없고, 황량한 벌판과 사막으로 이어지는 산맥뿐. 그곳은 정말 현실에 없는 미지의 장소일까. 그날 가는 길에 아틀라스 협곡 근처로 보이는 호수를 잠시 둘러봤던 기억을 되짚어보면, 케니프라 인근, 토착민들이 사는 마을이지 않을까 추측해 본다.

시골집은 언덕의 골새에 숨어 있었는데, 직접 흙으로 지은 집인 듯 반듯하다기보다는 울퉁불퉁한 움집 같았고, 그런 흙집이 여러 채 나란히 모여 있었다. 집들은 많이 낡았으나 초원의 가장 아름다운 명당을 차지했다. 경관을 해치지 않는 하나의 자연처럼, 대문이 없는 집은 특유의 흙 내음이 진동했고, 동시에 나는 이곳이 마치 오래전 혹은 전생의 어린 내가 살았던 고향처럼 느껴져 시공간을 잊었다. 앞마당의 한가운데는 4마리의 소들과 여러 마리의 닭들이 자리를 차지하고 있었다. 흥미로운 광경을 건너 우리는 드디어 집의 안쪽에 짐을 풀었다.

그곳에서는 더 많은 사람이 우리를 반겨주었다. 맨발로 달려 나온 친척들은 서로의 양손으로 얼굴을 만져보다가, 볼을 비비다가 등을 쓸어내리며 인사하고 있었다. 그는 그들에게 나를 순차적으로 소개해 줬는데 친척들은 어떤 경계도 의심도 없는 눈빛으로 그에게 했던 것처럼 나를 안아주었다.

"여기는 우리 아빠의 아빠, 형제들 그리고 나의 삼촌, 그리고 그의 자녀들…."

소개는 이곳에서 더 길게 이어져갔다. 웃으며 안부를 나누는 와중에 시선 밖으로 파란색 망토를 걸친 이가 있었다. 이 모든 걸 넌지시 지켜보며 지팡이를 짚고 앉아 있는 형상은 사람임이 분명했다. 나의 시선이 거기에 닿자, 카릭은 그에게 달려갔다.

"오, 나의 사랑하는 할아버지." 거동이 무거운 듯 보이는 노인은 손가락을 펴 이쪽으로 손짓했다. 그는 할아버지의 품에 아이처럼 꼭 안겼다. 카릭은 커다란 몸짓과 함께 그의 귀에 몇 마디를 크게 외쳤고, 노인은 고개를 끄덕였다. 그리고 곧이어 내게도 소개를 해줬다.

"우리 증조할아버지야. 예전에도 엄청나게 멋있었고, 지금도 엄청나게 정정하시지. 그는 140세가 넘었단다."

나는 말을 잊지 못했다. 망토 속에 숨겨진 노인의 바위 같은 몸에서 육중한 아우라가 뿜어져 나와서 마치 동화 속에 등장하는 점성술사가 아닐까 생각했다.

그러나 가까이 다가가 보니 반대로 천진하면서도 들뜬 빛으로 바라보는 노인의 눈은 마치 어린아이의 그것과 같았다. 나는 그의 증조할아버지와 그를 번갈아 가며 바라보았다. 그들의 눈은 더없이 투명하고, 한 우주의 행성 같았다. 눈빛에서부터 전해지는 생기는 너무나도 강했다. 깊고 그윽하면서도 영원할 것 같은 눈빛. 그 속에 내가 떠난 이유와 이곳에 도착할 이유가 모두 담겨 있었다. 맞다. 그것이 실은 전부였다. 눈빛, 단지 그것뿐이다. 내가 목도한 것, 내가 살고 싶은 것과, 내가 살아갈 전부. 그런 눈빛을 지니기까지 그들의 삶이야말로 내가 도달하고 싶은 목표이고, 드넓은 미지이고, 우주이며, 불가능한 영역이다. 나에게 여행이란 그것에 가까운 무언가였다.

그날도 어김없이 카릭과 함께 동산의 황금빛으로 물든 꽃들의 서식지를 지나, 저녁 식사를 위한 물을 길어 오기 위해 허름한 폐가의 작은 우물가를 향해 걸었다.
길목에는 우리의 키만 한 알로에가 언덕길 따라 줄지어 있었고, 이름 모를 꽃들이 화사하게 피어 있었다. 초원의 걷는 길마다 올리브 향이 그윽했다.

(그곳은 두 마리의 당나귀가 풀을 뜯는 초원이었는데 그 곳의 당나귀들은 동물이라기보다는 마치 사람 같았다. 어느 날 내가 내 앞의 당나귀를 다정하게 쓰다듬어주자, 뒤에 서 있던 당나귀가 곁눈질로 시샘하는 것을 분명 보았고, 카릭은 웃으며 사진을 찍어줬다. 그가 찍은 사진 속, 뒤에 있던 당나귀는 여전히 사람의 눈을 한 채 곁눈질로 질투하고 있었다.)

매일 오후 양을 몰던 양치기 소녀인 로라와 영민한 라쟈도 우리가 가는 길에 어느새 쪼르르 따라왔다. 로라는 말이 없고 자주 수줍어했지만, 늘 내 손을 꼭 잡고서, 한쪽에는 양을 몰았던 막대를 들고 알 수 없는 곡을 연주하듯 휘저었다. 라쟈는 늘 두 눈을 똑바로 뜨고 나를 호기심 가득한 얼굴로 쳐다보며 걸었다.

"우리 이렇게 다니니까 진짜 가족 같다 그치?"

나는 카릭을 향해 나지막하게 속삭였다. 카릭은 많은 생각을 하는 표정으로 아무 말도 하지 않고 머뭇거리더니 귓속말로 내게 "나 너 좋아."라고 영어로 속삭였다.

그때 장난기 가득한 얼굴로 곁눈질하던 라쟈가 나를 향해 외쳤다.

" !انه أعم شيعن انعد ،أضيأي ق ف اوم انأ"

그 순간 나는 다시 한번 전율했는데 라쟈가 무엇을 말하는지 정확히 들었기 때문이다. 나는 카릭을 향해 동그래진 두 눈으로 놀라는 표정을 지었다. 그도 이해할 수 없다는 표정으로 나를 쳐다봤다. 그리고 그는 손뼉을 치며 박장대소하기 시작했다.

"아, 어떻게 이럴 수 있지? 라쟈는 방금 우리의 대화를 다 들은 것처럼 '나도 좋아, 우리 여기서 같이 살자!'라고 말했어. 우리의 말을 분명 못 알아들었을 텐데 말이야."

이런 이야기를 하면 누군가는 말도 안 된다며 안 믿을지도 모르겠다. 그러나 내가 믿는 세상에서는 종종 일어나는 일이다. 어떤 빛나는 순간, 모두가 한 지점에서 동시에 만난다는 사실을. 세상은 실은 보이는 것보다 더 정교하고 조밀하게 구성되어 있고, 때때로 기적적이다.

사건은 종종 동시성을 지닌 채 단 하나의 순간 속에 일제히 발현된다. 말하지 않고 이해시키려 하지 않아도, 우리는 그것을 믿었다. 이 순간 우리는 진심이었기 때문이다. 눈과 눈빛으로, 마음과 마음으로 누구보다도 가장 가깝게 연결되어 있었고, 그 사실을 일일이 설명하지 않아도 우리는 이미 존재로서 공명하고 있었다.

언제부터인가 이들에 너무 깊이 침투한 나머지 여기서 원래 살고 있던 사람처럼, 나는 이 일상이 더는 낯설지 않게 되었다. 당나귀를 타고 가며 소여물을 구해 오는 사촌들을 따라다니거나, 마당을 어슬렁거리는 소의 젖을 짜 우유와 빵을 만들거나, 초저녁이면 로라의 양들을 같이 몰아넣거나, 언덕 너머에서 식사를 위한 물을 길어 오거나, 양들이 쉬고 있는 언덕에 올라가, 지는 해를 가만히 바라보거나, 그러다 땅거미가 하늘과 땅의 경계를 지우고 나서야 마치 이 우주의 주인인 것처럼, 블랭킷을 덮고 초원에 누워 가만히 노래를 부른다거나, 하는 나날 말이다.

돌아오는 길에는 어김없이 눈빛이 젖어 들었다. 저 멀리 녹색 사막 너머로 저무는 붉은 석양이 대지를 커다란 손길로 물들이고 있었다. 우리의 눈동자도 그 순간만큼은 잠시 붉어졌고, 강렬히 빛났다. 모든 빛이 지나가는 동안 우리들의 표정은 조금 더 경건했다. 손을 흔들듯 나부끼는 갈대들, 지상의 마지막 시간을 데리고 떠나는 석양의 꼬리, 그것을 마음의 장애 없이 한눈에 바라보는 날에는, 태초의 한 장면 같아서, 나는 이상하게 아이가 되어 눈물이 났고, 카릭의 어깨에 기대어 이유도 없이 울곤 했다. 눈물의 의미를 다 나열하기란 어렵다. 그것은 지극히 원초적이고 자연적인 현상이니까. 바람은 내 눈가를 슬며시 닦고 지나갔다.

매일, 이 앞에 서면 이상하게도 알 수 없는 영혼의 손길이 우리를 쓸어내리다 이상한 세계의 문을 열며 그 속으로 밀어 넣는 것 같다. 신은 무언가를 더 보여주기 위해 우리를 현실이 아닌 다른 곳에 슬며시 데려다 놓는 것 같았다. 경험한 적 없는 생경한, 홀가분함과 황홀경 사이. 그곳엔 언제나 카릭이 있었고, 그의 가족이, 그리고 로라와 라쟈가 함께 있었다.

이 인상적 장면은 시간이 아주 오래 지난 지금에도 생생해 눈시울이 다시 붉어지곤 한다. 너무 멀어진 과거이지만, 내면의 어떤 일부는 분명 그때의 분위기에 장악되어, 전혀 다른 자아로 살아가는 이 곁에 아직도 끝까지 살아남아 환한 촛불을 밝힌다. 이날의 추억은 내 안에 깃든 동화일까, 혹은 잃어버린 전생일까, 혹은 아련한 꿈일까, 아니면 단순한 환상과 몽상일까. 나는 이 몽환적인 여행을 사람들에게 어떻게 설득시킬 수 있을지 모르겠다. 그리고 나는 이 장면에서부터 우리가 헤어지는 장면에 도달하기까지 도무지 한 줄의 글도 완성할 수가 없었다.

여전히 내게는 녹색 사막에서의 추억이 많이 남아 있고, 그 이야기를 다 들추기엔 너무나 소중해서 남겨놓고 싶은 비밀도 많다. 그리고 무엇보다 이곳에 할애된 지면과 시간적 한계가 있다. 그리하여 발설하지 못한 이야기는 마음속에 그대로 묻어둔 채, 나는 마지막 장을 서둘러 끝낼 수밖에 없다. 언젠가 내가 글을 통해 그때를 다시 쓰게 된다면, 나는 꼭 모든 이야기를 생생하게 재현해 보리라 다짐한다. 이제 나는 그들이 사는 페이지를 벗어나 이전의 무거운 삶으로 다시금 돌아가야 할 시간이 왔다. 운명은 내가 있었던 원래의 현실로 복귀하기를 재촉했다. 그렇게 나는 그들을 떠나고자 마음먹기에 이르렀다.

여느 때와 다름없이 붉은 석양이 내려앉는 무렵이었다. 언덕 위의 갈대밭에 서서 나는 그렇게 결정했다. 그리고 긴 침묵 끝에 그를 향해 입을 열었다.

"카릭. 할 말 있어."

카릭은 아무 말도 하지 않았다.

"음… 나 떠나야 할 때가 온 것 같아."

카릭은 아무 말도 하지 않았다.

모두가 평상시처럼 빙 둘러앉아 저녁 식사를 하던 그날 밤. 나는 최대한 묵묵한 태도로 식사에 임했다.

그런 나를 카릭은 힐끔힐끔 바라보았다. 왠지 슬프고 오묘한 감정에 휩싸인 채, 갓 따온 쌉쌀한 맛의 올리브 열매와 태양 빛을 닮은 오렌지를 맛보고 있었다. 아주 느리고 천천히, 다 기억하겠다는 마음으로 모든 시간을 곱씹고 있었다. 그런데 그 순간 이상한 일이 벌어졌다. 마주 보고 앉은 김자 엄마가 갑자기 먼저 펑펑 울기 시작하는 것이다.

그리고 뒤이어 아미에가, 그리고 아무것도 모르는 눈빛을 하며 오렌지를 까먹던 로라도 울음을 터뜨렸다. 가족들, 그의 친척들이 나를 바라보며 모두가 눈물을 흘리기 시작했다. 나는 판단이 되지 않는 당혹스러운 상황에 울컥 눈물이 쏟아졌다. 그리고 붉게 젖은 눈으로 카릭의 귀에 대고 무슨 일인지 물었다. 카릭 역시 내 귀에 대고 속삭였다.

"이들은 지금 네가 슬프다는 것을 이미 알아챈 것 같다."

"어떻게 그럴 수 있지?"

"마음이 동해서, 네가 슬퍼하니까 우는 거라고."

나도 모르게 그들에게 울적한 기분을 들키고 말았나 보다. 곧이어 카릭은 침착한 어조로 내가 떠난다는 사실을 이들에게 차분히 알려주었다. 그 시간, 우리는 모두 부둥켜안고 눈물의 이별식을 혹독하게 치러야 했다.

그날 밤, 카릭의 증조할아버지는 우리에게 오늘 밤 백야가 찾아든다고 했다. 백야라기보다는 한 세기 만에 한 번 있는, 슈퍼문이 뜨는 날이라고. 아마 놀랄 만큼 환한 새벽을 만날 수 있을 거라며 넌지시 일러주고 자리를 떠났다.
우리는 늘 가던 장소, 로라의 양들이 잠자고 있는 언덕으로 걸어 올라갔다. 저편의 소들이 거친 호흡소리로 코를 고는 동안, 우리는 아무 말도 하지 않고 앉아 있었다. 어둠이 이곳을 완전히 장악하기 직전, 동산의 윤곽을 따라 처음 보는 밝은 빛의 테가 서서히 비상하고 있었다.

"카릭, 내가 여기 남아 있다고 과연 행복할 수 있을까. 지금도 너무 행복해. 하지만 나는 네 곁에서 행복을 체험한 것이지 내가 근본적으로 행복한 건 아니야. 나는 내 삶에 속해서 그것을 기어코 알아야만 해."

그는 내가 무슨 말을 할지 이미 알고 있었다는 듯 나의
말을 오래 들어주고 있었다.

"어디로 갈 거니?"

나는 대답했다. "출국하기 전에 사막을 가고 싶어."

그리고 이어서 말했다.

"이곳에서 너와 함께해 온 모든 시간이 믿기지 않아, 완
벽한 꿈같아. 그리고 정말 고마웠어."

카릭은 이미 오래전, 이 순간을 예견한 성자처럼 진중하
고도 힘겹게 입을 열었다.

"나 역시 이 순간들을 잊지 않을 거야. 아마 평생. 너는
내가 만난 모든 사람 중에서도 가장 특별했어. 모두가
알아주지 않을 수도 있고, 볼 수 없을 수도 있겠지만, 그
러나 나는 너의 마음을 봐, 분명 내가 좋아하는 너는 존
재로서…."

어디선가 선선한 바람이 우리 주변을 감돌고 있었다.

바람은 우리 곁의 진중하고 무거운 분위기를 언덕 너머의 양처럼 몰았다. 바람의 선선한 촉감이 우리의 두 뺨에도, 그리고 우리의 손등에도 닿았다. 그는 넌지시 말했다.

"바람이 분다."

"그러네, 바람이 부네."

나는 대답하면서 그에게 물었다.

"근데, 이 바람은 어디서 왔을까?"

그는 아주 느리게, 바람을 한결 한결 느끼더니 대답했다.

"음, 바람은 마음에서 왔지"

나는 아주 느리게 그의 마음을 한결 한결 느끼며 들었다.

'맞아, 모든 건 거기서 시작되었네.'

그 순간, 이상하게도 마음이 불기 시작했다.

우리는 비밀의 영원을 나눈 것처럼 손을 꼭 잡고 있었다. 아무 말 하지 않았지만, 모든 것을 말하고 있었다. 까마득한 장면 속으로 커다랗고 밝은 달이 서서히 상승하고 있었다. 분명 내가 본 달 중에서 가장 큰 달이었다. 백야. 저 멀리 푸른 동산의 지평선이 내려다보이는 환한 밤이었다.

그렇게 우리는 이 빛의 세계를 함께 통과하고 있었다. 침묵의 방식으로 서로의 삶을 모두 여과하고 있었다. 바람과 함께 흘러가고 있었다. 우리를 제외하고는 아무도 깨어 있지 않는 깊은 밤이었다. 커다란 달이 가장 높은 곳을 향하자, 그의 눈빛도 쏟아질 듯 빛났다. 그는 자신의 가슴에 내 손을 올려놓다가 낮고 떨리는 목소리로 노래 부르기 시작했다. 그 노래.

사랑하는 자들은

각자의 길을 걸어가겠죠

세상은 우리가 알고 있는 것처럼

잠자던 사람들은 깨어나 약속을 기억하겠죠

잊어버리는 것을 배워요

지우는 것을 배워요

운명인 나의 모든 사랑

불행은 우리가 만든 것이 아니죠

언젠가 우리의 운명이 충분히 강해졌을 때

우리는 만나게 되겠죠

자신의 길을 따라간다면, 오

만약 우리가 낯선 사람으로 만나게 된다면

그것을 우연이라 말하지 말아요

운명이라고 말해요

그렇게 나는 이어서 여행을 떠났다

미지에서 미지로, 그리고 이방에서 다시금 이방으로.

카릭이 살던 페즈를 떠나, 로라가 양 치는 푸른 동산을 지나, 함께한 그 모든 시간이 푸른빛의 한 점으로 작아질 때까지 밤새 광야를 달렸다. 마을의 건물은 하나둘 자취를 감추기 시작했고, 드넓게 이어지는 협곡, 푸른 산맥과 언덕은 서서히 윤기를 잃어갔고, 드디어 끝없는 시간을 통과하고, 펼쳐진 모래벌판을 지나 사하라 사막에 당도했다. 마치 지나간 시간과 기억을 몰아내듯 아침 여명은 붉은 사막의 열기를 식혀주고 있었다. 거기엔 이미 소식을 전해 듣고 미리 대기하고 있던 카릭의 친구가 (카릭은 내가 안전하게 머물 수 있도록 그곳에 있는 친구를 연결해 주었다.) 나에게 눈짓의 인사를 건넸다.

그와 짧게 인사를 한 후, 나는 사막 초입에 모래성같이 지어진 아득한 호텔 방에서 의식을 잃듯 긴긴 잠이 들었다.

다음 날, 나는 한여름 밤의 꿈에서 깨어나듯 눈을 떴다. 그리고 밖으로 나와 주변을 조금 거닐었다.

마른 땅의 냄새가 짙었다. 어제와는 너무나도 다른 풍경이었다. 눈앞에는 위치를 가늠할 수조차 없는, 어디를 걸어도 끝없는 사막이 펼쳐져 있었다.

나는 바닥의 모래 한 줌을 쥐었다. 모래의 감촉, 따뜻함, 마치 신기루와 같은 시간과 시간. 많은 것이 손끝에서 흩어졌다. 그날, 나는 혼자 온종일 사막을 배회했다.

그리고 그다음 날. 믿음직스러운 카릭의 친구 헤멧은 나를 사막 한복판으로 묵묵히 인도해 주었다. 망망대해와 같은 황금빛 물결의 사막 중심으로 나는 두어 시간 정도 들어갔던 것 같다.

사막과 바다가 하나였을까. 낙타를 타고 이동하는 길에, 너무나도 출렁이는 장면에 심하게 멀미를 했다.

그건 마치 어제와 내일의 뒤섞임 같았고, 꿈과 현실, 기억과 미래 사이의 시차 같았다. 나는 조금씩 다시금 내게 되돌아오고 있었고, 되돌아오면서 내가 모르는 또 다른 시간으로 계속 나아가고 있었다.

국경 없이 펼쳐진 사막의 물결이 정지한 파도처럼 비현실적이었다. 흐르지 않는 시간이 잠시 곁에 머무는 듯했다. 삶은 재생되는 영사기 같고, 내게 드러낸 것을 다시금 무대의 뒷면으로 옮겨 놓는다. 순간은 접힌 시간 속으로 밀려들어 가고, 전부는 내가 모르는 저편에 영원히 기록된다. 나는 계속해서 이편에 혼자 남는다. 결코 아무것도 되돌릴 수 없지만, 모두는 사라지면서 사라지지 않고, 거기, 내가 모르는 무한한 우주 속에 계속 집결한다.

더는 아무 말도 하고 싶지 않았다. 나는 그저 이 장면들을 마음에 꼭꼭 눌러 담을 수밖에 없었다. 그리고 온종일 그 끝을 가늠할 수 없는 사막을 걷고 걸었다.

사위가 어두워서야 우리는 사막 한가운데의 유목 마을에 도착했다. 작열하는 태양 빛에 온몸이 녹을 것 같았다.

열기를 식히는 동안 모닥불 앞에 앉아 민트 차를 끓이고 유목인이 연주하는 베르베르인의 전통음악을 들었다. 타탈린트라는 작은 타악기 소리는 더운 심장을 타고 맥박 소리를 내며 뛰었다. 해가 완전히 떨어지기만을 기다렸다. 모래바람 소리가 연주와 함께 뒤섞여 귓가를 타진했다.

저 멀리 알제리 국경이 놓여 있었고, 국경과 무관하게 서서히 깊어지는 어둠 속에서 사막이 파도처럼 펄럭였다. 도무지 잠들 수 없는 밤. 나는 민트 차를 마시다 말고 일어나 블랭킷을 챙겨 사막 언덕의 높은 곳에 올라갔다. 밤의 미풍은 어떤 날보다도 선선했다.
여기선 사구에서 쓰러지는 바람 소리 외에는 어떤 소리도 들리지 않았다. 북두칠성이 내 이마 위에서 거대한 면적으로 반짝였다. 그 순간, 나도 모르게 손으로 심장을 쓸어내렸다.

나는 매일 밤, 이곳에서 저 멀리 펼쳐진 붉은 세계를 바라보곤 했다. 국경과 국경, 과거와 미래, 삶과 길, 사랑과 이별, 고독과 슬픔, 죽음과 우주 그리고 머리 위로 신의 가호 같은 별자리, 뱃고동 소리를 내며 잠든 낙타 곁에서 쏟아지는 별 무리를 가만히 바라보았다. 그러다 사선으로 큰 별똥별이 떨어질 때마다 나는 누군가 내 곁에서 그랬던 것처럼 다시금 가슴에 손을 얹어 그 별을 기렸다. 유성우는 떨어지며 가슴에 무늬를 남겼다. 그런 방식으로 모든 순간은 떠나가고 사라지며 내가 모르는 방식으로 이 내부의 어딘가에 계속 무늬를 만들고 있었다. 떠나온 사람들이 한둘 떠올랐다. 앞으로 온전히 홀로 나아가야 할 길이, 시간이, 삶이 여전히 막막하고 두렵고 외롭다고 생각했다.

'저기, 우리를 지탱하던 순간이 있었는데, 우리가 마주본 달빛이 채색을 달리하여 두 배로 환했었는데, 이제 다시금 헤어져 서로의 풍경 속에서 한 사람이 걸어 나오게 되었지만, 혼자 남은 이곳은, 왠지 조금 더 어둡고 무섭지만, 이제는 우리가 서로를 몰랐던 순간으로는 돌아갈 수 없다. 그날 우리는 마음의 귀퉁이에서 다시 한 번 태어났으니까. 다시는 돌이킬 수 없는 시간을 건너 버렸으니까.'

'이제, 너는 어느 별자리 아래서 노래를 부를까. 같은 하늘 아래서 그리워하는 마음은 뭘까. 다 다른 시차 속에서 우리는 이제 만져지지 않는 서로의 꿈으로만 떠오르겠지만, 우리는 한 번쯤 만나야 할 사람이었던 거야, 잠시 머물고 떠나가더라도, 우리는 함께 영원 만들었으니까. 서로의 마음에 풍경을 심어주고 서로의 안녕을 기도했으니까. 우리는 그날을 잊지 못한 채 살아가게 될 거야.'

별 하나가 또다시 떨어졌다. 나는 이상하게도 조금은 다른 눈빛이 되었다. 이전의 표정과 모든 것이 지나가고 난 후의 표정은 분명 다르다. 사건은 이미 하나의 선을 그었으므로.

카릭이 너무나 보고 싶었다. 그가 너무나 그리워서 나는 사막의 너머를 향해 계속해서 혼잣말을 했다.

이곳에서, 몇 날 며칠 더는 웃지 않고 멍하니 먼 곳을 주시하거나 하늘만 바라보고 있었다. 그것 말고는 할 수 있는 게 없는, 끝없는 사막이었다.

어느 날, 말없이 동행해 곁에 앉아 있던 헤멧은 내게 손
짓하며 여기 와서 이렇게 누워보라고 했다. 나는 아무
런 의지 없이 그 옆에 누워 쏟아지는 별을 보았다. 그
는 눈치를 보듯 나를 힐끔힐끔 보더니, 마지못해 입을
열었다.

"우리 아파하기엔 별빛이 너무 아름답다. 대지에 수직
으로 서 있는 인간의 거리 말고, 잠시 마음을 눕히자.
이렇게 누워서 올려다보기로 하자. 우리 이렇게 가만
히 올려다본 하늘처럼 별과 별의 거리만 생각하자. 그
렇게 살아가자."

그렇게 누워 별들을 바라보니 하늘과 땅 사이, 모든 인
간의 거리가 사라진다. 마음의 거리도 사라지고 있었다.

발 닿는 방향으로 무작정 걸었던 때가 있다.

어디로 가야 할지 몰라서

하늘을 올려다볼 때마다 떠오르는 별들이 있다.

어둠을 모포 삼아 덮고 잠들던 사막,

떨어지는 유성우에 속수무책으로 얻어맞았던 밤,

낙타들의 신음 소리,

알제리 국경 너머로 노래를 흘리던

소년이 아직도 그곳에 있다.

사구를 헤엄치던 시절의 멀미가 지금도 있다.

몸을 뒤집어 누우면 바람이 한쪽으로 쏠린다.

손끝에서 흩어지지 않는 모래도 있다.

몸 밖으로 나가는 문이 없어서

노크하는 바람 소리에도

속수무책으로 흔들리는 내가 있다,

흔들리는 별빛이 있다.

〈이, 별의 사각지대〉 중에서

사라진다, 살아진다

03

사라진다, 살아진다

나는 그렇게 내 전부였던 이들을 거기 남겨둔 채, 다음 장면으로 떠나오고 말았다. 만남과 이별, 그것은 내가 길고 긴 여행 중에 사람들에게 배운 관계에 대한 방침이 었다. 길 위에서 만난 모두는 늘 삶을 새로이 환기시켜 주고 이별을 자연스레 받아들이게 해주었다. 여행 중에 는 아무도 그것을 이상하게 생각하지 않았다. 시시때때 로 만났고 추억했으며, 마음을 다했다. 그리고 붙잡기보 다는 서로 마지막 인사를 다정히 나누고, 자연스럽게 떠 나갔다. 마치 암묵적 동의처럼, 이 길 위에서는 모두가 그렇게 했다. 아무도 서로에게 무엇을 요구하거나 바라 지 않았다. 순간만을 다했고 그리고 그것을 깊이 간직한 채 저마다의 길로 한둘 사라졌다. 길 위의 사람들은 떠 나가며 나에게 무엇을 알려줬다.

이별, 그것까지 만남이라는 것을, 그것까지 여행이라는 것을. 우리는 묵묵히 각자의 길을 걸으며 저마다의 삶을 살아갈 것이다. 그 믿음이 나를 살게 하고 있다. 보이지 않아도 어디선가 나처럼 살아가고 있을 누군가가 있다는 것. 어쩌면 그것까지가 마음이고, 여행이라는 것을.

이따금 카릭의 얼굴이 너무나 그리울 때면, 혼자 물어보곤 한다.

'너는 내가 보고 싶지 않을까. 그립지 않을까.'

이제는 대답할 이도, 더 이상 물어볼 사람도 없다는 걸 안다. 그러나 지금, 이 순간에도 그의 목소리는 내 가슴 깊은 곳에서부터 울려 퍼진다. 그것은 그의 목소리이기도 하고 내 메아리이기도 하다. 그가 있다면 지금, 이 순간 분명 이렇게 대답했을 것이다.

'네가 어디에서 무엇을 하는지 보다, 나는 네가 어떤 빛을 간직한 채 사는지 늘 떠올릴 거야. 그것이 영원히 우리를 연결해 줄 거야. 나는 믿어, 믿어도 좋아.'

내 마음은 어쩌면 도시보다도 더 복잡하게 얽혀 있는 미로로 이루어져 있는지도 모른다. 내가 나를 놓치는 기분이 들 때가 있다. 까마득한 어둠, 몸 하나 지나가기도 좁은 어느 골목, 거기서 길을 완전히 잃고 한껏 웅크린 채 앉아 있는 나를 자주 마주한다. 오랫동안 사면초가의 상태에서, 나를 구원해 줄 하나의 따뜻한 손길을 오래 기다리면서 말이다. 그럴 때 넌지시 우산을 씌워주며 마주 앉은 그가 보인다. 곧이어 잘 따라오라고 손짓하는 그가 선명히 떠오른다.

그는 내게 여행 이상의 의미를 지녔다. 잃어버린 마음의 방향을 찾아준 존재니까. 그리고 나는 이제 더 이상 길을 잃지 않는다. 그는 복잡한 신경 다발과 수천 개의 미로로 이루어진 마음의 나라에 길을 잃지 않도록 지도를 건네주고 떠나갔으니까. 그가 했던 말을 다시 떠올린다.

"우리에겐 지도도 시계도 필요하지 않아. 우리가 걷는 길이 지도이고, 우리가 사는 시간이 곧 시계니까."

누군가 물었다

"어떻게 글을 계속 쓸 수 있나요?"

"그건 믿음의 세계예요. 믿지 않고서는 도무지 살 수 없는 세계."

"그 믿음은 어디서 나왔나요?"

"내가 보고, 듣고, 만지고, 겪어왔던 삶 그리고 사랑에서요."

무엇이 당신을 살게 하나요,라고 묻는다면, 이렇게 대답할 것이다. 설명할 수 없지만, 살 수밖에 없는 마음이 있어요. 간절하고 절박한 심연의 목소리.

내가 이번 생에서 살아야 할 것은 단지 그것뿐이라는 확신이 들어요. 그것을 분명 목도했기 때문이죠. 그것은 이 안에 여전히 강하게 자생하고 있어요. 저는 계속 믿게 되어요. 아무도 듣지 않지만, 그것을 자꾸 말하고 싶어져요. 허구라고 놀려도 상관없지요. 내가 사는 세계는 전혀 다른 차원으로 이루어져 있고, 아무도 없지만, 나는 여기서 내가 동경하는 세상을 그대로 재현하며 살고 있으니까요. 그것만이 부정할 수 없는 진실이니까요.

나는 오늘도 그렇게 쓴다. 여기 믿음의 세계에서, 누군가를 내밀히 만나듯 말이다. 길 위에서 만난 이들이 가만히 건넨, 그 순수 무결한 눈빛으로, 약속 혹은 기도처럼. 삶이 희미해질 때면 어두운 세계에 이제 막 불을 긋고 타오름을 몰래 바라보는 아이의 눈빛으로. 보면서도 더 잘 바라보려는 심정으로, 무언가를 깊이 주시하며 쓴다. 그리고 오늘도 내게 묻곤 한다. 그것이 나를 잘 따라오고 있는지. 길 걷다가 영영 놓치고 마는 건 없는지.

현재에 이르기까지

그때 모로코에서 독일로 돌아가지 않았다면, 나의 삶은 어땠을까. 독일에서 한국으로 돌아오지 않았다면, 미래는 내게 어떤 삶을 눈앞에 펼쳐 보였을까. 아마도 전혀 다른 나로서 살아갔을 것이다. 다른 마음과 다른 눈빛, 다른 목소리와 자세로 말이다. 숱한 생의 갈림길에서 멈추고, 주저하고, 결정하며 걷다 보니 숱한 나 중에서도 지금의 내게 도달했다. 나는 뒤돌아보며 묻는다. 후회하지 않냐고. 현재의 나는 후회하지 않는다고 대답한다. 이 삶을 더는 절망하거나 후회하지 않는다.

생각해 보면 그때의 모험과 방황이 없었다면, 지금의 나는 없을 것이다. 그때의 외로움과 반항이 없었다면, 지금의 나는 없을 것이다. 현재에 이르기까지 얼마나 홀로 먼 길을 걸어왔나. 내 앞에 이제야 서서, 잘 살았다고 말할 수 있게 되기까지. 나는 정말 많이 흔들렸으며 많이 방황했다. 그러나 되돌려보면 현재의 나로 살아가기 위해서 지난 시간의 한순간 한 장면도 없어서는 안 되었다는 생각이 든다.

요즘은 한국을 여행 중이다. 실은 더 이상 떠나지 않은 지 오래되었다. 현실에서의 세월은 추억과는 무관하게 너무나도 빠르게 흐른다. 나는 더 늙었고, 그때 같은 열정과 막무가내의 포부도 없다. 겁 없고, 용감하고, 대범하고, 자유로웠던 나는 어디로 간 걸까. 사회에 잘 적응해 나갈수록 나도 모르게 내가 사라지는 기분이 든다. 그럴 때면 나는 그들이 내게 알려줬던 것처럼 자신에게 말해주곤 했다.

'너 자신을 믿어.'

생각해 보면 그날 이후, 나는 오랫동안 이곳에서 심장이 떨리는 일도, 그런 사람도 더는 만나지 못했다. 늘 주변에 사람들이 많았지만, 자신의 영화를, 가슴의 울림을 품고 사는 사람, 마음에 불을 지피는 사람은 그 이후 단 한 명도 없었다.

내면의 허기를 달래줄 화려한 도심, 술에 취해 비틀거리는 거리의 웃음들, 타성과 상처에 젖은 사람들만 마주할 뿐이다. 온갖 작고 작은 파문이 인간들의 틈 사이로 활보하면 사람들은 그것이 전부인 듯, 그것을 뜯어 허기를 채우며 살아간다. 언제부터인가 어른이 되었다고 생각하면서부터 그런 삶에 다시금 길들여져 간다.

반복되는 생활의 권태 속에서 활력을 잃어가고 있었다. 아무도 길 위에서의 나를 기억하지 못한다. 맑고 영롱하고 호기로운 눈빛으로 각국의 사람들의 이야기를 반짝이며 경청하고 웃던 나는 더 이상 남아 있지 않는 것 같다. 그러나 조금 달라졌다면 이러한 현실도 수용하는 마음이 생겼다는 점이다.

"나를 믿어. 그리고 너 자신을 믿어. 믿어도 좋아."

나는 그 뒤로 내게 없는 능력 하나를 가지게 되었다. 그것은 마음이 여기 있다는 것. 그리고 그것을 잃지 않고 살아가야 한다는 것. 이곳 도심 속 사람들은 여전히 표정이 없으며, 거리에서는 서로의 눈을 마주치지 않으려 의식적으로 피했다. 모두가 모두를 믿지 못하는 마음을 대면할 때면 나는 다시금 상처받고 시름시름 아팠지만, 내가 바라는 것은 세상에 아무것도 없었다. 단지 과거에 내가 깊이 들어가 목격한 것들. 그 작고 푸른 새싹이 시들지 않도록 품어주는 것. 전쟁 같은 현실 속에서도 절대 잃지 않고 살아가야 할 그것. 믿음. 그 힘이 나를 이토록 살아가게 한다고 기도처럼 되뇌며, 나는 그것이 떠나가지 않도록 매 순간 계속해서 마음을 복기하려고 노력하며 산다.

이제, 여행을 이렇게 정의할 수 있겠다. 진정한 여행은 어딘가로 떠나는 것이 아닌, 내가 지닌 것을 더 이상 잃지 않으려 자꾸만 되돌아가 보려는 마음이라고 말이다.

여전히, 긴 순례의 길

얼마 전 이 책을 엮기 위한 여행기를 제안받았을 때, 이 상한 마음이 다시금 요동쳤다. 잊고 있던 무엇이 있었 다. 글을 쓰며 그 무엇이 죽지 않고 잠들어 있다는 것 을 나는 정말 오랜만에 느껴본 것 같다. 나는 긴 밤에서 깨어나 서서히 아침의 빛을 바라보고 있는 심정을 느꼈 다. 그 순간, 시간과 공간은 가슴속에서 제멋대로 확장 되어 어느덧 먼 과거의 나라에 나를 데려다 놓았다. 빛 나는 얼굴들이 거기서 같은 모습으로 웃으며 마중 나 올 때면, 비로소 표정을 풀고 눈빛이 투명하게 되돌아 오는 것이다.

나는, 더 이상 스리라마나의 가르침을 받으려 아쉬람을 찾아다니거나, 아무데서나 노숙하거나, 맨발로 아루나찰라를 오르지도 않는다. 바그바드 기타나 리그베다를 가방에 넣고 다니지도 않는다. 이제 더 이상 아무 곳도 떠돌지 않는다. 인도 바라나시에 도착한 구루처럼, 인생의 마지막 순간을 초연하게 즐길 재간이 없다.

소로우나 카비르처럼 자연 속에서 자급자족하며 살아갈 자신도 이제는 없지만, 무언가는 내 안에서 계속 지속되오고 있다. 그것이 계속 메아리칠 때면, 기껏해야 나는 테이블에 앉아 하루를 골몰하는 것이다.

생의 시간 동안 꼭 해야 할 무언가가 있다는 생각이 확고해진다. 그렇게 나는 고산병과 열병을 자주 앓으며 내면의 길을 계속 걷는 중이라고 생각했다. 험준하고 광대한 마음의 나라를 한 발짝씩 걸어보는 것이라고 말이다.

나는 매일 책상에 앉아 글을 쓴다. 이제 더는 떠돌아다니지 않는 방식으로 내 안에 오래 앉아, 여기서 매일 여행한다. 종종 높은 암벽을 만나거나 자주 벼랑에 매달리고, 달빛조차 없는 고원의 어둠 속에서 추위를 떨지만, 시야조차 닿지 않는 수심 깊이 침잠하기도 하지만 나는 내 안의 협곡을, 이름 없는 영토를 넓혀 가는 중이라고 믿으면서 말이다. 그것이 무엇인지는 모른다.

그러나 적막 가장 깊은 곳에서 계속 무언가의 울음이 들린다면 그것에 가까이 다가가고 싶다는 열망, 그것을 계속 살아야 한다는 마음의 소리가 점차 더 명징해진다.

일생을 걸쳐 자신에게 주어진 그 무엇을 위해서라면 고통과 고독을 마다하지 않는 것. 이 삶에는 분명 저마다 주어진 숙제 같은 게 있어서 누군가는 이 순간에도 벼랑에 매달려 울고, 누군가는 길을 잃어 울고, 누군가는 날 밝아오는 이른 아침에 병든 몸을 이끌고 다시금 드높은 산으로 나설 채비를 한다는 것. 그러니까 자신만의 단 하나의 '그 무언가'만을 위한다는 것. 그리하여 쓰고 있다.
삶의 의미는 모두 다 다르겠지만, 이제 나는 '그것'만이 궁금하다. 당신이 살아내는 건 무엇인가. 어떤 동화를 만들어가며 살고 있나. 나는 이제 아무도 모르는 내면의 순례를 하고 있지만.

무모하리만큼 자신만의 무언가에 골몰하고 있는 사람들. 나는 그런 것에만 자꾸 마음이 간다. 그것은 굉장히 강하고 그것은 굉장히 밝다.

그것은 생명력이 있고, 그것은 불멸의 영혼 같다.

간밤에는 '그것'만을 살고 싶다는 생각을 간절히 했다.

이 글을 쓰면서 오랜만에 심장이 뛰는 소리를 듣고 있다. 그것. 신념일까, 불가능한 꿈일까, 미완의 동화일까.

이, 별의 사각지대 중에서

오랫동안 병을 앓았다. 떠나지 않고서는 죽을 것처럼 몸이 아파 식은땀을 흘리며 수일을 병석에 눕기를 반복했다. 미지를 걷지 않고는 죽을 것 같을 때, 심장이 뛰는데 달랠 수가 없을 때, 그것을 제압하는 방법을 알지 못하고, 나는 그렇게 살 수밖에 없는 거구나, 포기의 심정으로 또다시 신발 끈을 묶을 때. 삶은 몽유병이거나 불치병에 가깝다고 생각했다.

정의 내릴 수 없는 병은 삶의 융단 위에서 심장처럼 붉게 뛰고 있었다. 병을 거부할 수 없다면 병은 병으로 치유할 수밖에 없지만, 이 별에서만큼은 쉽게 방랑의 삶이 허락되지 않았다.

지느러미가 없는 나는 늘 이상한 방식으로 헤엄을 쳤고,

아무와도 어울리지 못했고, 가난했다.

여행은 언제나 내게 해방감을 주는 듯했지만, 그 해방
감이 오래가지 않았다. 자유의 뒷면에는 현실이 있었고,
여행은 삶의 궁극적인 목표를 지시하거나 방향을 갖게
하기보다는, 일종의 현실 도피였던 것이다.

인도의 보드가야에서도, 아루나찰라에서도, 세르비아
집시 마을에서도, 독일, 캄보디아, 라오스에서도, 사하
라 사막, 터키에서도, 네팔의 룸비니와 고산 마을에서
도, 페와 호수를 오래 서성이면서도 나는 나를 발견하
지 못했다. 그러나 언젠가 암해에 좌초한 배처럼 서서
히 침몰하면서, 나는 한 개의 하늘을 올려다봤다, 별을
보았다.

그리고 바람을, 그리고 새들의 지저귐을, 그것을 여행이
라 정의한 이후로 병이 조금은 나아지는 듯하다. 여기,
발붙이고 있는 현실에 순응하며 살자, 라는 마음만이 수
면 위로 점차 떠오르기 시작했다. 나는 이제, 그토록 찾
아다녔던 미지를 포기한 채, 내면의 나라를 구축하는 것
에 몰두하고 있다.

마음을 펼쳐 길을 내는 곳마다 인사를 하고 안부를 전
하는 풍경.
이제, 이것을 여행이라고 정의할 수 있지 않을까?

더 이상 떠나고 싶지 않고 떠날 곳이 없었다. 여행은 내
게 희망과 자유를 주지 않았다.

삶을 피함으로써 위로받을 수 있는 것은 없었다. 본질적
으로 우리가 찾을 수 있는 목적은 그곳에 없으므로, 여
기 내 안에서 구겨진 세계를 펼쳐보는 중이다.

한 발짝의 미동도 없이 나는 이곳의 거리를 걷는다. 온
마음으로 걷는다. 모든 길을 듣는다. 그리고 낯익은 풍
경 속에 멈추어 서서 그것의 못다 한 말들을 경청한다.
그것으로 나는 세상에 없는 목적지에 다다른다.

〈이, 별의 사각지대〉 중에서

우리만의 어떤 빛으로

7년 전, 밤이라는 작은 생명체가 나에게 왔다. 그리하여 나는 더 이상 내 곁의 이 작고 여린 생명을 두고 근거리조차 떠날 수 없는 몸이 되었다. (밤이에게는 내가 세계의 전부이므로.) 그 말은 즉, 내게 밤이가 온 후, 이 삶은 어디에도 떠나지 않는 여행의 2막이 시작되었다.

다행인 건, 나는 떠나지 않아도 될 만큼 이 아이와 살며 지난날의 시간을 다시금 회복하는 기분이 든다. 순수하고 맑은 마음과 눈동자, 계략도 술수도 없는 눈빛. 나는 이상하게도 그런 생명체에게서 커다란 세계를 느낀다.

밤이는 내 이름과 나이를 모른다. 우리는 직업이나 언어를 모르고도 충분히 대화할 수 있다.

충분히 사랑할 수 있으며, 충분히 의지할 수도, 또 함께 행복해질 수도 있다. 그렇게 우리는 일상 속에서 작은 의미를 함께 발견하며 도란도란 하루씩 여행을 한다. 밤이와 서울 외곽으로 이사 온 지는 이제 6년 차다. 나는 이전처럼 바쁘지 않으면서 적당히 일하고 있으며, 또 내가 좋아하는 자연을 거닐 여유도 되찾았다. 요즘은 이 아이와 매일 숲으로 산책하고, 그 이야기를 소박하게 기록하며 지낸다.

이제서야 여행을 이렇게 정의할 수도 있지 않을까. 더이상 가야 할 곳, 떠날 곳도 없는. 그곳이야말로 내가 가야 할 장소라고.

그리고 지금, 지난날 오래 방황했던 이유를 찾았다면 나는 젊은 날 내면의 집을 짓지 못했던 것이라 생각했다. 내리는 비에 온통 젖고, 잦은 바람과 온도의 변화에도 쉽게 휘청이던 나는 안식할 어떤 마음이 간절했다. 그러나 이제는 다르다.

밤이: 우리 집 강아지

나는 조금 더 단단해졌고, 강해졌으며, 그리고 방황하지 않아도 가만히 앉아 저편 세상을 관망할 수도 있게 되었다.

여행을 통해 내가 얻은 것은, 더는 헤매지 않아도 될 내면의 지도를 구축했다는 것과, 더 이상 추위에 떨지 않아도 되고, 편히 잠들거나 쉴 수 있는 마음의 집이 생겼다는 것이다. 더 이상 안락한 거처를 찾아 떠돌아다니지 않아도 될, 나는 내가 가야 할 곳이었고 돌아와야 할 곳이었다.

이 글을 마친 길고 긴 새벽. 한 기억의 길가를 오래 배회하고 나니 아침이 찾아들었다. 의자에서 일어나 기지개를 켜고 커튼을 연다. 여명이 밝아오고 있다. 나는 오래전 그가 내게 남긴 한마디를 떠올린다.

'맞아, 오늘도 태양이 떴어.'
분명, 거기도 여기도. 오늘의 태양이 뜬다.

나는 이제 마음, 그곳에서 살아간다. 더는 카릭이 걱정하지 않아도 되는, 평안한 곳에서 산다. 스스로 자유를 만끽할 줄 알고, 내 나라를 가꾸며 나무처럼 가만히 앉아 있는 법도 안다.

종종 산책하다가 태양 빛을 바라보면서 가슴을 쓸어내리며, 감사하다고 말할 줄도 안다. 푸르른 녹음의 숲길을 걷고, 청량하고 맑은 것을 호흡하며, 스치는 많은 것들을 찬찬히 눈에 담으며 혼자서도 하루를 충만으로 가득 채울 줄 안다. 뺨 위에 내려앉은 바람을 느끼면, 눈을 감고 가만히 미소를 지어보거나 언덕에 올라 휘파람을 불기도 한다.

바람이 계속 뒤따르는 날에는 바람이 어디서 왔는지 가만히 느낀다. 불현듯 마음이 불면 그리운 이가 떠오르기도 하지만. 그럴 때면 먼 곳을 향해 가만히 마음을 연다. 바람을 느껴보는 기분으로, 바람이 되어보는 기분으로, 마음이 부는 기분으로, 나직이 속삭이는 기분으로, 거기 있다는 믿음으로.

어딘가 저편에, 마음이 동하는 이가 산다고 믿고 싶다. 분명 닿을 것이다. 마음은 모든 방식을 초월하여 연결되어 있음을, 그렇게 우리가 믿는 세계가 유효하다면 여전히 들릴 것이다.

누군가는 그 순간 길을 걷다가, 문득 하늘을 올려다보고 멈춰 서서 가슴을 한 번 쓸어내릴 것이다. 분명 거기서, 우리는 잠시동안 만날 것이다. 그러리라 의심하지 않는다.

"하루하루 여행하기로 하자. 우리만의 어떤 빛으로. 믿기로 하자. 감사하기로 하자. 그래. 살아가기로 하자. 여기, 그리고 거기서도."

그렇게 나는 여전히 신념을 지키고 산다.

마음을 다할 것이다.
그 마음, 살아갈 것이다.

마음.이라는 암묵적 동의를 한 사람들이 세계의 곳곳에 숨어 살고 있었다. 금기된 단어를 내뱉는 자는 없다. 우리는 태어나는 순간 마음을 망각한 채 살아간다. 다만 당신이 그것을 아직 꼭 지니고 있다면,
우리는 개별적 시간의 긴 미로 속에서 한순간은 그것의 눈빛을 취하는 사람을 발견하게 될 것이다. 세상의 끝에서, 이 세계의 벼랑 끝에서 당신을 살리는 사람들이 다가올 것이다. 모르는 우리는 서로를 살리고 사라질 것이다.

나는 보이지 않는 것을 보아왔고, 보이지 않는 것을 믿어왔고, 보이지 않는 그 무언가를 찾아 나서는 생을 산다. 다음 장면 속에서 내가 누군가의 세상을 꼭 살렸으면 좋겠다고 생각한다. 그것을 위해서라면 나는 이제 더 살아도 좋겠다고 생각한다.

〈잠들지 않는 세계〉 중에서

복구하지 않은 마음에는 있다.

치열한 삶이, 동화가,

삶의 애착이,

내려놓지 못해, 맨발로 오체투지를 했던 시절이,

극지의 사랑이,

그것만이 구원 같았던 시절이.

오래 열어본 적 없는 마음에는

상징으로만 쌓여있는 하나의 두터운 무덤이,

그리고 끝끝내 들춰짐을 거부한 비밀이,

영원히 나만 간직한 이야기들이 여기 이곳에.

한때는 내 전부였던 사람들.

푸른 초원의 마음을 풀어헤치는 밤.

양치기 소녀 로라도 숙녀가 되고,

영특한 라쟈도 나보다 키가 더 컸겠지.

여전히 내 꿈속에서 행복하게 살아가겠지.

lied meiner seele

마음이 부는 곳

—

지은이 © 안 리타
메일 an-rita@naver.com
펴낸곳 홀로씨의 테이블

1판 1쇄 발행 2024 년 6월 17일

ISBN: 979-11-982651-7-3